故事创意指南

唐糖小君 / 著

剧本、小说创作法

中国纺织出版社有限公司

内 容 提 要

创意写作的宣言是："人人都能成为作家""写作是可以教的""作家是可以培养的""写作是一门手艺活，可以反复训练获得"。本书从写作者心理素养开始，从故事构思、大纲创作、人物塑造到动笔，用循序渐进的方式给写作者提供一个完整、实用、接地气的写作教程，旨在帮助写作者对小说、剧本的创作有一个整体的了解，并且能够动笔创作属于自己的故事。

图书在版编目（CIP）数据

故事创意指南：剧本、小说创作法 / 唐糖小君著. --北京：中国纺织出版社有限公司，2022. 5（2024 .3重印）
ISBN 978-7-5180-9035-8

Ⅰ. ①故…　Ⅱ. ①唐…　Ⅲ. ①剧本—创作方法②小说创作—创作方法　Ⅳ. ① I053.5 ② I054

中国版本图书馆 CIP 数据核字（2021）第 213247 号

责任编辑：刘　丹　　　责任校对：高　涵　　　责任印制：何　建

中国纺织出版社有限公司出版发行
地址：北京市朝阳区百子湾东里A407号楼　邮政编码：100124
销售电话：010—67004422　传真：010—87155801
http://www.c-textilep.com
中国纺织出版社天猫旗舰店
官方微博 http://weibo.com/2119887771
天津千鹤文化传播有限公司印刷　各地新华书店经销
2022年5月第1版　2024年3月第4次印刷
开本：880×1230　1/32　印张：6
字数：99千字　定价：39.80元

◆导　学
——该如何使用这本书

通往作家的路很轻松，轻松到敌人只有你自己。

通往作家的路也艰难，艰难到每一次遇到的敌人都是你自己。

老实说，我并不希望你把这本书当作一本教程去使用。一来，目前市场上有大把的写作教程，也有大把的人在教授写作课程；二来，教程给人的感觉是呆板地传授死技巧，而我更希望你能够在我的经验之上有更多的升华，悟出一套属于你的写作杀手锏。

本着这样的想法，我想先写一个导读，告诉大家这本书适用于什么人，应该如何去学习，以此来帮助大家更好地理解、运用本书。

在我看来，阅读一本书的导读，如同在吃药之前要看一下药物的功能主治和用法用量，假如，我们对一种药物治什么病、怎么吃、吃多少都不知道的话，就算是这种药有起死回生的功效，估计也未必能达到好的效果，甚至可能还会起到相反的效果。

我们读书也是如此，如果不了解这本书，不知道这本书具体要讲什么内容，是否适合你，更不知道这本书的正确学习方式，那么这本书里面的内容再实用、知识再全面，效果也会大打折扣。

说这么多，无非就是要告诉大家，请认真阅读这个导读，认真了解这本书要讲的内容，了解其适用人群及其正确的学习方式，这会让你的学习效果事半功倍。

那本书适用于什么人呢？

想要在阅读本书后获得最大益处的朋友，可能需要了解并满足以下两个条件。

第一个条件：零基础小说/剧本写作者。

可能你会问：怎么样才是零基础呢？

零基础的人就是从来没有写过小说或剧本，此时此刻才准备开始写作的人。

可能有的人又问了：唐糖老师，我从来没有写过小说，我不知道怎么去构思小说，也不知道怎么去描写，文笔也不是太好，那这本书也适合我吗？

当然适合。因为这本书是从最基础的部分开始讲，用最落地的、最容易理解的方式，告诉你一个完整的小说 / 剧本的写作流程和方法。

第二个条件：足够热爱写作。

为什么要足够热爱，如果只是有点喜欢可以吗？

当然没问题。不过我要告诉你的是，剧本 / 小说写作和很多其他事情一样，需要强大的动力和毅力才能坚持下去。而坚持下去的动力和毅力来自哪里？

如果是为了钱（稿费），写作的确不是一个很好的途径，写作的变现之路非常漫长，也许你连续熬夜写出来的作品，十年之后也未必能变现。如果是为了名，恐怕也要做好数十年努力的准备。

在既没有钱也没有名的情况下，写作的动力恐怕只能来源于热爱，足够的热爱。

如果没有足够的热爱，那么可能你就不会为写作付出太多，遇到问题和障碍时就会退缩，甚至直接放弃写作。

当然了，如果你仅仅只是爱好，当作是一种尝试，那就另当别论了。

讲到这里可能又有人产生疑问了：这本书只适用于零基础的人吗？如果我有一点写作基础就不适合阅读这本书了吗？

其实也不全然，这本书同时也针对基础薄弱的人。基础薄弱的人就是还没有完成过完整的小说作品，或者完成了一个完整的小说作品，但是作品看起来比较“青涩”，无法吸引读者往下阅读，或在写作的过程中经常卡文、断片，写到几万字就推倒重来的人。

那可能有的人又问了：唐糖老师，你说这本书适合基础薄弱的人，那我怎么相信你呢？

下面我们来一一把基础薄弱的人在写作时遇到的问题列举一下，然后你可以对号入座地找出自己在写作中也曾遇到过的问题。

如果我所列举的这些问题你都没有遇到过，那你就可以合上这本书，去找其他更适合你的写作书或教程了！

1. 卡文的两种现象

（1）你不知道你的故事情节该如何发展。动笔之前你觉得自己的故事已经很成熟，但是动笔之后却发现到处都是问题，无从下笔。

（2）你不知道你的人物该如何出场。不知道自己的人物应该在什么时候出场，用什么样的方式出场。

为什么会出现以上问题？无非就是你对自己的故事不够了解，你构思的故事不够细致，你对你的人物的性格特点不够了解，所以才会出现卡文。

相反，如果你的故事构思足够细致，你对人物足够了解，就不会出现这种问题。

由我编剧的电影《暗夜追凶》，我就是用 5 天时间写出初稿的。这么快的速度当然并不是因为我天赋异禀，而是因为我有一个很好的习惯——故事构思得足够细再动笔。

那到底怎样才能对我们的人物足够了解，怎样才能构思出非常细致的故事？这将是本书要重点讲述的内容。

2. 为什么你的故事没人阅读

这个问题很简单，一个故事没人阅读，只能说明这个故事写得不够好。

可是哪里写得不好？反过来问，那好故事是什么样的呢？

好故事为什么能让读者欲罢不能？这也是我们这本书要重点讲的内容。

上面是介绍我们这本书的适用人群，下面来看看本书要讲的内容。

如果你看了这本书的目录，你大概就能知道，这本书其实就是给大家完整地介绍一部作品的写作流程和方法以及每个环节中需要解决的问题，并带着大家完成一部长篇小说/剧本。

第一章：写作者必备的心理素养。

你现在要开始学习小说/剧本的写作，那你应该具备一种什么样的心态，如何正确地认识和对待小说/剧本的写作学习，这些都是非常重要的。假如我们对小说/剧本有错误的认识，那肯定会让我们在写作上走很多弯路。

第二章：常用的故事构思法。

我们想要动笔写一部小说，掌握步骤和流程是最基本的要求。比如第一步构思故事，第二步寻找故事的切入点等。也许这些流程看似很简单，但是对于一个想要从事职业写作的人来说是非常重要的，只有严格按照流程走才能够避免疏漏。

第三章：四个步骤构思一个跌宕起伏的故事。

写故事最重要的部分在于构思，一部小说/剧本的好与不好，在构思的阶段就已经决定了。如果构思做不好，后面多半会出现扑街、烂尾、卡文等各种消极的情况，就算勉强写完了，成品也会有各种各样的问题，等完稿想修改，都无从下笔。

一个专业的故事构思法不仅能够帮助大家更好地构思出跌宕

起伏的好故事，还能缩短我们的写作周期，提高写作效率。

第四章：小说写作，如何写出活灵活现的人物。

我们经常讲写文章要详略得当，恰到好处的人物描写能够起到画龙点睛的作用，但是繁复冗杂的人物描写就会让读者觉得索然无味，影响读者的阅读体验。

人物该如何描写，该写多少字，先写什么后写什么，都是非常讲究的。

第五章：如何写出让人欲罢不能的对话。

对话是小说写作中非常重要的一个部分，一些平淡无奇的对话，甚至非常生硬的、普通的对话会让读者直接放弃阅读你的小说。而一些能够吸引人的台词，会给你的作品加分。

如果你写的是剧本，那么对话更是至关重要了。

第六章：小说写作中的悬念。

我们都知道，一部好的小说是由一个个跌宕起伏的片段形成的故事。但是跌宕起伏的故事怎么来的？就是悬念设置的结果。那到底什么样的悬念设置可以给我们的作品起到跌宕起伏的效果？

悬念设置其实就是让读者在阅读你的文本的时候产生疑问，并且这个疑问只能在你的小说里面寻找到答案，迫使读者不得不继续阅读下去。达到这个效果，那么你的悬念设置可以说就成功了。

具体的方法，我们后面会具体讲到。

第七章：小说的切入点。

切入点可以理解成是开头。

一部小说 / 剧本该从什么地方开头？这是一个非常专业的问题。多年前，当我还是一个小编辑的时候，很多人给我们投稿，他们总说：唐糖老师，我的这个作品要看到第三万字的时候才吸引人，所以你一定要耐心看啊。

听到这样的话，我就会对他说：那你先把那不吸引人的两万多字删除了再发给我。为什么我和读者要先忍受你那不吸引人的两万多字呢？你为什么不选择从最吸引人的地方开始讲？

好故事那么多，读者凭什么就要先看你不吸引人的部分呢？所以，切入点的选择会影响到你所写的小说的命运。

看完上面的介绍之后，我想你应该知道我们这本书就是讲一个完整的小说 / 剧本的写作流程，以及小说 / 剧本写作中我们需要解决的一些问题。

唐糖小君

CONTENTS

目 录

第一章
写作者必备的心理素养

第二章
常用的故事构思法

第三章
四个步骤构思一个跌宕起伏的故事

第四章
小说写作，如何写出活灵活现的人物

第五章
如何写出让人欲罢不能的对话

第一章

写作者必备的心理素养

1. 如何写出好故事

小说 / 剧本其实就是讲故事。就像小时候爷爷奶奶、爸爸妈妈给我们讲故事一样。唯一的区别在于我们是用文字讲故事，我们的对象是坐在书本的对面，而爷爷奶奶、爸爸妈妈则是与我们面对面地用语言来讲述。

那我们作家的任务是什么呢？怎么样才算是把小说写成功了呢？

不同作者对一个成功小说的看待标准也不一样。有的人认为能得到评论家的认可就已经算是不错了，而有的人认为获得茅盾文学奖就算是成功了，还有的人认为拿到诺贝尔文学奖才能算是成功。

但是对于小说或剧本而言，是否畅销也是一个很重要的标准。如果读者不愿意为你的作品埋单，多少还是会很失落。

而读者是否愿意埋单，很大一部分因素是由故事决定的。所以在畅销小说 / 商业剧本的写作当中，“故事”就显得尤为重要，甚至是决定胜败的关键。

说到这里可能有些朋友表示纳闷，不是说写小说最终应该要回归到立意吗？的确，伟大的作品之所以伟大，不仅仅是故事编排得好，立意也是很高的，比如，《红楼梦》《三国演义》等作品之所以能够畅销多年，不仅仅是因为它们的故事情节精彩，也不仅仅是它们的人物形象塑造得足够鲜明，它们还具备一定的社会效益和思想高度。

一些有写作基础的读者可能又问了：那小说的主题呢？所以，在这里我要告诉大家的是，初学者写小说可以先不去思考主题。这可能颠覆你过往的认知。

大家可以试想一下，如果我们在写一个作品的时候，不停地在想我到底要表达一个什么样的主题、我要通过这个故事告诉别人一个什么样的道理等，那么你的这个故事就会很单薄。因为在你的故事里面，读者就只会看到你所定的这一个主题。

我们来举个例子。

一个作者定的主题是：父母应该要用爱来养育孩子。那他在这个作品里面表达的就是父母应该如何爱孩子，孩子要如何孝顺父母。所有的事件，所有的台词、情节都是围绕着这一主题进行的。那么，无论故事设计得再曲折、再跌宕起伏，故事都会很单薄、不丰满，也没有任何悬念。

我们经常听到一句话：一千个读者就有一千个哈姆雷特。

我们都知道这句话的意思——不同的读者去读《哈姆雷特》这本书，他们得到的和感悟到的是不一样的，他们读出来的这个故事的主题也不一样。

就像《西游记》，有人说它是写官场腐败的，有人说是写佛道之争的，还有的人说是写三教合一的。但是，我们试想，如果《西游记》的作者早在写这个故事的时候就想着要通过这个故事写出官场的黑暗，那读者还能读出其佛道之争吗？还能读出三教合一吗？当然不会！

那为什么会出现这样的情况呢？难道是作家莎士比亚早在构思《哈姆雷特》的时候就构思了一千个不同的哈姆雷特的性格吗？还是在这个作品里面已经策划出了一千种不同的主题呢？

当然不是，如果说莎士比亚在构思这个作品的时候就在这本书上注入了一千个不同的主题、一千个不同的哈姆雷特的性格，那我想我们今天就不可能读到他的作品了，也不可能讨论他的作品了。为什么？因为把一千个不同的主题注入一个作品中，一千个不同的人物性格特点放在一个人身上，那是计算机干的活，不是人能做到的。

就算是让你把一千个不同的人物性格罗列在纸上，那至少也得花上好几个月的时间；况且你还要把这一千个人物性格设计在一个人身上，还要让不同的人读出不同的东西出来，这是不可能的事情。

可确实是不同的读者在阅读《哈姆雷特》时就真的读出了不同的主题。那到底莎士比亚是怎么做到的？

显然，莎士比亚在写《哈姆雷特》之前，他并没有把一千个不同的主题都放在这个作品里面，他也没有把一千个不同的人物性格整合在哈姆雷特一个人身上，他做的仅仅就是把一个故事讲好，讲得跌宕起伏，让人一边泪流满面一边欲罢不能地往下读着。

而在讲述这个悲剧的时候，这里面就有着作者自己的爱情观、人生观、世界观，以及自己的金钱观、伦理观等。也就是说，因为故事是作者设计的，所以故事里面主人翁的价值观、爱情观、金钱观等其实也是作者身上具有的。

作者并不是刻意在其作品中注入这些观点，而是在写作的时候潜意识注入的。

人本身是多面的、复杂的。人的价值观、世界观、人生观，包括爱情观、伦理观等都不是单一的，而是复杂的。

所以作品也就变得复杂，不同的人读出了不同的主题。

举个我父亲的例子。

我父亲是个地地道道的农民，在庄稼地里过完了自己的一生，一年四季忙碌不停。春天，种完自己家的地，父亲还会牵着牛，抬着犁去给别人耕地挣钱。秋天收完自己家的庄稼，父亲又会去给别人家收庄稼挣钱。

从这点上看，我父亲是个勤俭持家的好男人，一个老实本分的农民。

可是我的父亲又有另外一面：当他遇到知己时，他可以在一天之间把一年辛苦种地积攒的钱用来与朋友大醉一场，全部消费掉。

从这方面看，他又是一个不顾家庭、随意消费的人。

那我的父亲到底是个什么样的人？不同的人对他就有了不同的看法。

我要表达的意思是人是复杂的、变化的，莎士比亚也是，所以他完完全全地把自己的灵魂注入这个作品里面之后，作品里面的人物就很形象生动，活灵活现。人们去阅读他的作品，就像是在跟他相处，不同的人会有不同的体会。

一个人的世界观是复杂的，性格是多面的，对金钱的看法，对爱情的看法也是复杂的，甚至连我们自己都无法清楚地认识我们自己。

同一个人物，会接收到不同人对他的不同看法和评价。比如，有人说我父亲是个勤俭持家的人，也有人说他挥霍无度，还有人说他对朋友很忠义。

同理，不同的人去读同一部作品自然也会有不同的解读。

讲这么多就是想告诉每一个初学作者，当我们写一个作品的时候，我们不需要刻意和过度考虑作品的三观问题。因为在讲一个故事的时候，所有的这些语言场景、人物行动都是你设计的，都会按照你的安排去走。这些人物的选择、台词的设计都会带出你的价值观、人生观、世界观，你的思想也就自然而然地表现出来了。至于你的三观是什么样的，让读者们自己去读就好了。

作为小说作者，你的任务只有一个：写出一个好玩的、能让读者不看到最后就不撒手的故事就可以了。

学习小说写作，我们先要做的就是学习如何讲好一个故事。怎么去构思、怎么去切入、怎么去描写、怎么去塑造人物形象，把这些问题都解决了，我们也就会写一个故事了。至于其他的东西，就交给读者自己去理解吧。

2. 鄙弃天赋之说，勤学苦练

小说写作需要天赋吗？而我具备这个天赋吗？这是很多新手写作者或者想要步入写作这个行业的人迫切想知道的。

如果有一位老作家对你说：你是一个有天赋的写作者，你可能从此就会信心百倍；如果有人对你说你没有天赋，你可能就会立即放弃写作。

这是由特殊的社会背景所决定的，因为几乎所有已经成名的作家都是靠自己摸索出来的，很少有人是师承谁，所以久而久之，我们也就不再相信写作是可以教的，而相信了天赋之说。

天赋之说是具有一定危险性的。当一个人非常相信天赋之说时，就会期望得到德高望重的权威人士对他的天赋进行评估，如果某一天有一个人告诉他，他没有写作的天赋，那他可能就会放弃写作。因为他会觉得，他没有天赋，所以无论怎么奋斗都不可能成为作家。再则，很多人刚开始写作的时候是没有机会接触到名家的，于是他们就在不断地自我怀疑中放弃了。所以，天赋之说会让很多本可以成为作家的人与写作失之交臂。

但是，天赋之说有时也会让很多人成为作家。比如说我，小学二年级的时候我写了一首诗歌，我的班主任在课堂上当着所有同学夸我，说我是一个在诗歌上面有天赋的孩子，于是我为此坚持了十几年，为我日后的写作打下了坚实的基础。时至今日，回首过去，我明白并非我真的有天赋，只是我受到了班主任天赋之说的积极暗示。

几年前，我还在华文翼书当编辑的时候，我们跟网络文学协会合作办了网络作家高级研修班。阅读集团的某位内容运营高管在研修班上说，他们旗下有 500 万名注册作家，这 500 万名注册作家当中，月稿费收入在 1 万元以上的有 1 万人。

一个月 1 万元的收入，比三四线城市的平均工资水平还要高。但是 500 万人当中只有 1 万人拿到这个收入，这个比例实在是太小，被淘汰的人实在是太多，从这点来看似乎真的应了天赋之说。

很多人看到这个比例就开始打退堂鼓，开始掂量自己到底有没有天赋。而大多数人最后都会认为自己没有天赋，然后放弃了写作。

但是，我们忽略了当一群人一起开始写作的时候，他们的勤奋程度、所接受的写作训练和名家的指导、对写作的方法和技巧掌握等因素，都会影响其职业的发展。那些被淘汰的人可能并不是因为他们没有天赋，而是他们坚持的程度或者接受的写作教育不够。

很久以前我也跟很多人一样，混迹在起点、纵横等这样的文学网站，在QQ群里跟大家一起交流。我们有一个三百多人的QQ群，大家每天在里面交流、码字。但是到现在，好多年过去了，还在坚持写作的只有我跟另外一个人，其他人基本上是放弃了。难道这个群里的几百人当中就我跟那个人有天赋吗？

事实上，那几百人当中百分之九十九的人都是因为没有坚持。

他们有的人在网络上发布了一个作品，写了两三万字，申请签约没有通过之后就放弃了。还有的人申请签约了，但是没有得到推荐，没有阅读量，没有收藏量，上不了架，也就慢慢放弃了。

这样的情况你能说他是因为没有天赋吗？当然不是！

我讲这么多，其实就是想告诉大家，不要相信天赋之说。

我们很多人没有成为作家，并不是因为没有天赋，而是接受了没有天赋的负面暗示。于是在写了一点东西没有成功后，觉得是因为自己没有天赋，不相信坚持是能够成功的，早早选择放弃自己的兴趣和梦想而投身于其他职业。

在国内，那些大咖作家们基本都是靠自己一边创作一边摸索出来的，并不是参加什么培训班培训出来的，所以人们往往总是认为写作是需要天赋异禀的，根本不相信写作是可以教的。

你想，如果不相信写作是可以教的，你又怎么可能会花时间去学习，去认真听一堂写作课呢？更别说能克服挫折和阻碍了。

实际上，在国外（如：英国和美国），他们的写作教学已经开始了半个世纪之久，他们相信任何事情都是可以通过自己的学习而成功的，而非天赋。这也体现了中西文化的差异。

所以，不妨从阅读这本书开始，我们尝试改变一下思维：摒弃天赋之说，相信你想要做的事情都是可以通过努力学习来实现的。

当然，我们不得不承认某些人确实是天赋异禀的，天生对语言、对文字就特别敏感。但，这只占小部分。我们要明白一点，没有天赋，靠后天学习也是可以做到的。

前面我们有讲过，写小说 / 剧本就是讲故事，是一门技术活。作家的任务就是要千方百计把一个故事讲得精彩动人，让读者对它欲罢不能。就像小时候爷爷给你讲故事，讲到一半爷爷说我们该睡觉了，明天再讲，你就缠着爷爷必须讲完，不然就会哭鼻子一样。当你的小说停止更新，你的读者跟你抱怨你为什么不及时更新时，这就说明你的小说写成功了。

也就是说我们学习小说写作的最终目的就是：写出一个能够让读者欲罢不能的故事。

那什么样的故事才是让读者欲罢不能的呢？它为什么能让读者欲罢不能呢？这也是我们这本书要讲的重点。

当然，我们需要明白的一点是：并非说读了我们这本书就一定能够写出非常好的、让人喜欢的故事。

这个世界上也没有任何一本书或者一个课程敢这样说。

我们知道，任何一个技术活儿，都不是说你懂了其中原理，就可以把它吃透做好的。

就像是一个木匠，师傅带着他做一个桌子。在动手之前，师傅会对他说，你要学做木匠，首先得学会怎么使用锯子、刨子等这些做木匠所需要的工具。等学会使用这些工具之后，师傅才会教他如何做一个桌子。

那这个桌子我们该怎么去做？做一个桌子之前，首先我们得知道这个桌子是什么样的。你要做的是一个圆桌呢，还是一个方桌，或者是一个带抽屉的课桌？

想要做好这张桌子，得跟着师傅把做桌子的流程搞明白，搞明白做桌子流程中的每一个原理，比如桌面怎么做才既光滑又美观，桌子腿要怎么做，抽屉要怎么做等。

当然，知道怎么做一张桌子和学会做一张桌子是有区别的，前者是搞明白理论，后者是经过反复实操成功做好一张桌子。

如果你不想拜师学，想靠自己摸索着做，可以吗？当然也可以，只是靠自己摸索，你可能会比跟着有经验的师傅学要多投入好几倍的时间、精力和耐力，因为你得自己尝试各种各样的方式、姿势去使用刨子、锯子等工具，此外桌子的结构、比例等各方面，你都需要去做多种尝试，最后才能找到正确的方式方法，而且在做成一张桌子的过程中你可能会返工重做，浪费材料、时间。跟着师傅学的话，他会直接告诉你正确的方式，可以少花冤枉时间。

我们学习小说写作也是如此。要学会写人物小传、故事大纲，还得会找切入点、做场景描写、做人物形象设计、做对话设计等。要反复不断地去练习、构思，当你能够把人物小传写得足够深刻、故事大纲写得很有逻辑性、开头的切入点非常精彩、场景的描写很有条理性、人物的形象设计很高明、人物对话设计得也很有意思等的时候，你的作品才会经得起市场的推敲，也才会畅销。

以上每个步骤，并不是你听明白了就学会了，而是需要你反反复复地去练习。就像是小时候刚开始上学，一个简单的阿拉伯数字都需要我们反复写几十遍。

既然写作也是一门技术活儿，练习是必不可少的，没有人能够帮你练习，更没有人能够帮你写作。如果有哪个课程说你只要听了我的课程之后，不需要练习就能够写出很畅销的作品，那肯定是假的。

那你学习完本书可以学到什么呢？你可以学习到小说写作的原理、技术，但这个技术给你之后，你还得不断地去练习、去使用，在一次次的实践中提高自己的技艺。

那到底小说写作需不需要天赋？或者我们应该怎样来检测自己有没有天赋？

我想告诉大家的是，任何一个行业都有人是天赋异禀的，比如做木匠，我一直觉得在这方面我就是个天才，很多复杂的家具我几乎看一眼就会做，我从来没有学过但是我会做书架、书桌、柜子。但很多没有这方面天赋从小一起长大的小伙伴，跟着师傅学两年就学会了，而且做得比我好很多倍。

写作也是如此，确实有的人天赋异禀，天生就会讲故事，天生就对语言文字很敏感，人家练习十遍，他练习两遍就会了。

可是，大多数人是通过后天的努力练习修炼成作家的。所以不要问自己有没有天赋，而是要问自己是不是足够热爱写作。如果你足够热爱写作的话，别管什么天赋，努力学、坚持做就一定会写出出色的作品！

最后送两句话给大家：

（1）没有看一百位作家的书之前，你没有资格说自己最喜欢哪位作家。

（2）没有写三百万字废稿之前，你没有资格说自己有没有写作的天赋。

3．正确认识小说写作过程

这个小节要讲的内容可能会打击你，甚至读了这个小节，你可能会放弃写作。但我还是必须告诉你，你要对学习小说写作有一个正确的认识。

唯有正确认识才能摆正心态，摆正心态才能长久坚持，长久坚持才能有机会成功。

当然，成功也包括合理的投资回报。

小说写作的变现，在前期是一个非常缓慢的过程。

因为你今天熬夜通宵写出来的作品，到明年这个时候都可能拿不到稿费，你写的有些稿子甚至一辈子都没办法变现，会变成废稿。

我自己就写过很多废稿，在以写作为职业的初期，写的东西还很稚嫩，杂志不愿意收，甚至网站都不愿意签约，更别谈变现了。

当你学会写作了，你的写作水平上去了，就不会写废稿了吗？也不一定！

比如，我最近写的剧本《江湖鼠辈》《勇敢者》等，每一个作品都是我花一年半载的时间构思、修改、打磨的，做市场调研（发给读者）都说是好作品，不停追问什么时候能拍出来上映……然而最终因为种种的原因，没办法过审核，很遗憾，只能变成废稿。

写作有一个特点，就是需要不断地写，你的写作水平才会不断地提高。

你第一部作品写出来了，可能并不那么好，甚至你觉得很烂，但是经过一边学习一边总结经验，第二部作品一定会比第一部作品好，第三部作品会比第二部作品好……你在不断写作的过程中学习、修正，再学习、再修正，你的写作水平就会不断提高。

当某天，你的水平到达了某个点，那么你自然也就成功了。

所以，学习写作，我们要摆正心态，做好持久战的准备，要用跑马拉松的心态去对待它。

马拉松运动员不在于起步的快慢，重要的是起步后能否一直保持奔跑的姿势，并坚持跑到最后。

但是在现实生活当中，我们最常见的是，很多人跑了一半，没见到终点就放弃了，甚至有的人在最后的几百米放弃了，导致前功尽弃。

写作不需要短跑，不需要短时间之内的爆发力，它更考验的是长久坚持的耐力。

有的人写了一个月，发现写不好就放弃了，有的人写一年，没写出可以变现的作品，放弃了。

而那些真正能够成为大师的人，如像莫言这样的人，他们在成名之前是写了很多年的，也写了很多成品，付出了多年的努力，我们现在看到的他们的书，绝对不是他们最初写出来的书。在他们发表第一篇文字，出版第一部作品之前，他们已经在写作这件事情上付出了很多的时间和心血，勤奋耕耘了很久。

莫言说写作是因为小时候有人告诉他，写作可以有饭吃，所以才走上了写作的道路，但是到莫言真的发表作品的时候已经 26 岁了，成名更是在发表第一篇作品之后的第四个年头，成名之前他经历了多少呢？

所以说，如果就写了一年、两年，写了十几万字的废稿，就说自己没有天赋，这是不合理的。

我的意思是，当你要进入小说写作这个行业的时候，你一定要做好心理准备，这是一个投资回报比较慢的事业，在靠写作变现之前你可能需要靠其他方式来养活自己。

在漫长的过程中，可能会有一万个理由需要你放弃写作，比如你要挣钱养家、你要辅导孩子学习、你要工作应酬、你要健身运动、你要陪妻子或丈夫、你要参加社区活动等。如果为了写作而放弃这么多的生活选择，你可能会每天陷入纠结中，在漫长的付出没有回报的过程中，你可能会经常有种看不到希望的感觉，各种因素加起来，久而久之你就会犹豫着要不要放弃，而你对写作的热爱程度已经没法打败这个过程中的各种纠结及孤独。

这就是我所说的，写作不要问自己有没有天赋，而要问自己是不是足够热爱。因为如果我们不是那么热爱写作，遇到各种各样的阻碍时，可能有一千种理由让你放弃，却让你找不到一个可以坚持写下去的理由。

要记住一点，那些名家都是从很多次的自我怀疑中走过来的，他们之所以成为名家，是因为他们在遇到一个又一个的困难时，坚持写下去挺过来了。

很多时候，我们离成功只有一个“坚持”的距离。

4. 作家的自我身份认同

我在前面讲过，我们很多人没有成为作家，是因为缺乏自信和坚持，他觉得写作是一个需要有天赋的事情，认定自己没有天赋，于是就放弃了，或者他们在坚持写了一段时间没有成果后就放弃了。

在这里我想讲的是要改变你的思维模式，改变对自己的定位，要对自我的身份有认同感。要在脑海里想象自己：你现在就是作家。因为只有你自己觉得自己是作家，你才能写出作品。

很多人觉得，我是来学习如何成为作家，我现在还不是一名作家，至少我要写完一个作品，我才称得上是作家。

如果你这么想的话，就很难进入状态，也很难动笔开始写，会一直在门口徘徊。所以，你首先得在心里把自己当作一名作家，然后按照作家的标准来要求自己，每天坚持写作，遇到困难时去克服困难，孤独时去体会孤独，遇到阻碍时去解除阻碍，总之一个字：写！这样你才能写出作品。

有一年我去参加中国网络诗人高级研修班，在班上我认识了诗人张二棍。我问张二棍，你是什么时候觉得自己是诗人，或者说你写了哪一首诗之后，开始觉得自己是诗人呢？

张二棍的回答出乎我的意料，他说我本来就是诗人，就算我不写诗我也是诗人。

后来我做小说写作的研究，我理解了张二棍的话。

你得觉得自己是一名诗人，你才能写出诗歌；你得觉得自己是一名导演，你才能拍出电影。不是作品让作家成为作家，不是电影让导演成为导演，不是诗歌让诗人成为诗人。而是作家让一些文字成为作品，导演让一些影像成为电影，诗人让一些句子成为诗歌。

我想表达的是：用一个作家和一个诗人的行为准则要求自己，并不是说我写了一部作品之后，我才是作家、诗人。

要改变身份的观点，你现在就是一名作家，你要用一个作家的行为准则来要求自己。作家会做什么？作家会认真观察生活、体察社会、收集素材，作家会利用所有可利用的时间来构思自己的故事，作家会观察别人的性格特点、行为表现、表情变化、情绪变化、穿着打扮等。

阅读我们这本书，你要做的事情不是要学习如何成为一名作家，你现在要做的事情就是如何写出一个好作品。你阅读这本书的目的就是提高自己的写作技艺。

但是，有作品的作家和没有作品的作家是有区别的。比如，你现在走出去，你说张三过来，我告诉你，我是一名作家，那张三肯定会问你，你的作品呢？你写了什么作品？没有作品的作家，是得不到他们的认同的。

就像是我们到一个陌生的地方，我们自我介绍的时候可能别人会持怀疑态度，得有人来给你证明，你得拿出身份证。作品就是向别人证明我们是作家的证据。

而如果你学习了这本书，根据课程的指导，最后写出了一个完整的小说/剧本，出版或者拍成电影，你就有了一张作家/编剧的名片。

所以，从此时此刻开始，你要在心中树立这样一个信念：你就是一名作家，你是一名职业作家，而不是业余的。你要用一个职业作家的行为准则来要求自己。

职业作家并不意味着你一定要辞掉你的工作来全职写作。

一个职业作家是什么样的呢？首先，作家是要有道德底线的。

其次，一个职业作家每天要做的与写作相关的事情很多，他们需要大量的阅读和不断地写作，他不可能花大量的时间在其他方面，比如：做家务或聚会应酬上，更不会在电子游戏上。职业作家是要靠写作养家糊口的，所以他一定是要想方设法地提高自己的写作技艺，要尽可能多地写出作品。所以他在飞机上、地铁上、公交车上做得最多的应该是阅读和构思自己的故事，或者观察人群，观察各种现象，把他们有趣的言语对话、行为表现记录下来，以备写作之用。

因为你是一个职业作家，所以你得有一个职业作家的行为准则时刻地提醒自己。每天要不断给自己暗示，我是作家，我要学习如何写好一个作品，我做的所有事情都应该是一个作家该干的事，而不是把时间浪费在网络游戏或社交上。

5. 成功小说的元素——故事

在讲一个成功小说的元素之前，我们先来阅读一下《白雪公主和七个小矮人》这个故事吧，因为接下来我们将会以这个故事作为案例，来给你们讲述决定一个小说成功与否的七个元素。

我们想要写一个成功的小说，首先得知道一个成功的小说里面应该包含什么元素，作者是怎么构建这些元素的，在故事中起到什么作用，这些都需要我们以具体的作品为案例进行分析。

在我看来，一个想要写畅销小说的写作者，至少要分析十个以上的畅销故事，才能将小说写作中的各种元素融会贯通，长期训练自己这方面的能力，才能在写作中做到游刃有余。下面我们以《白雪公主和七个小矮人》为案例，带大家一起分析一下。

白雪公主和七个小矮人

在遥远的一个国度里，住着一个国王和王后，他们渴望有一个孩子，于是很诚意地向上苍祈祷。

“上帝啊！我们都是好国王好王后，请你赐给我们一个孩子吧！”

不久以后，王后果然生下了一个可爱的小公主，这个女孩的皮肤白得像雪一般，双颊红得有如苹果，国王和王后就把她取名为“白雪公主”。

全国人民都为这位白雪公主深深祝福。

白雪公主在国王和王后的宠爱之下逐渐长大，长成了一个人见人爱的美少女。白雪公主非常善良、有爱心，她经常和动物一起玩耍。森林里的动物：小鹿、小兔子、松鼠、小鸟都喜欢接近白雪公主，因为白雪公主会给它们食物吃，还会讲故事给它们听。个性善良犹如天使般的白雪公主，过着幸福快乐的生活。

可是，好景不长，白雪公主的母亲生病去世了。

国王为了白雪公主就迎娶了一位新王后。可是，这位新王后却是个精通法术的女巫。她虽然很美丽，但是个性很骄傲、暴躁。尤其她最恨别人比她美丽。

“这是你的新母后！”

当她还在为死去的母后感到悲伤时，国王向白雪公主介绍了新的王后。

新王后有一面很奇特的镜子，从镜子里可以得到一切你想知道的答案。

所以，王后经常对着镜子问："魔镜、魔镜，谁是世界上最美丽的女人？"

"全世界最美的女人就是你，王后。"

可是，有一天，当王后再问魔镜同样的问题时，魔镜却回答说：

"现在白雪公主比你美丽。"

新王后听了非常生气。

"可恶，怎么可以有人比我更美丽，我一定要把她除掉。"

于是，她就命令宫廷的武士说：

"我不想再看到白雪公主了，你找个借口，把她带到森林里偷偷杀掉。杀了以后，把她的心和舌头带回来，作为你杀死她的证据。听到没有？不可以有差错……"

"是，王后……"

武士听了这话之后，就真的把白雪公主带到森林里去了。当武士抽出刀来杀公主的时候，他看到正在采花的公主，纯洁、善良，有如天使一般，武士不忍心杀她，就向白雪公主说：

"王后命令我杀掉公主您，可是我实在狠不下心，所以您还是往森林里逃走吧！"

说完武士回皇宫去了。

听到猫头鹰叫声的白雪公主，越走越觉得森林好可怕。

突然，眼前有一栋小木屋，于是便又惊又喜地叫着：

"啊，是小木屋！"

白雪公主急忙上前敲门，可是屋子里没有人来开门。

她就自作主张地把门打开。进入小木屋后，里面竟然整齐排列着七张小小的床。白雪公主在森林里跑了一天，觉得非常疲倦，就在那七张小小的床上躺了下来，不知不觉地睡着了。

傍晚，当七个小矮人扛着锄头回来时，发现家里有人在，而且是睡在他们的床上，大家都很奇怪地问：

“这个漂亮的女孩子是谁啊？”

“她睡得好香哪！”

“这个小姑娘长得真美丽。”

小矮人们议论纷纷的声音吵醒了白雪公主。

小矮人们很生气地说：

“你为什么闯进我们的房子呢？”

“各位先生，真是对不起，因为我在森林中迷路了，走了一整天的路，实在是又饿又累，看见这栋小屋，我就走进来休息了。”

白雪公主又把事情的经过，一五一十地告诉小矮人。小矮人们听了非常同情白雪公主的遭遇，就把她留下来。

“你就在这里住下来吧！”

白雪公主听到小矮人愿意留下她，很高兴地说：

“真是太感谢了，我愿意在这里为你们做饭、铺床、洗衣服、打扫，我什么都愿意为你们做。”

“欢迎你，从此这里就是你的家了。”

白雪公主每天都把这个小木屋打扫得非常干净整洁。七个小矮人从森林里干活回来就有可口的晚餐等着他们。就这样，日复一日，白雪公主和小矮人过着快乐的生活。

新王后以为白雪公主已经死了，有一天她又问魔镜说：

“魔镜、魔镜，谁是世界上最美丽的人呢？”魔镜回答王后说：

“王后，你很美丽，可是白雪公主比你更美丽，她现在在森林中和七个小矮人过着快乐幸福的生活。”

王后听了这个回答之后，才知道白雪公主并没有死，她感到很愤怒。

“真是可恶极了，一定要让白雪公主从世界上消失！”

坏心肠的王后想到了一个办法，她在鲜红的苹果外面涂上了她调配的毒药，准备去毒死白雪公主。

“嘿嘿！白雪公主只要吃一口这个有毒的苹果，就一定会死去。到那个时候，我就是世界上最美丽的女人了。”然后，王后就打扮成老太婆的模样，提着一篮苹果到森林里去了。坏王后提着一篮苹果来到了小矮人的小木屋前。

“可爱的小姑娘，你要不要买一个又红又大的苹果呀？我送一个给你吃吧，相信你一定会喜欢的。”

本来就很喜欢吃苹果的白雪公主，看到又红又大的苹果，便高兴地说：

“哇！这红红的苹果多么可爱呀！一定很好吃的。”

于是白雪公主就伸手接过那个苹果。

结果，白雪公主才咬了一口，就马上倒在地上，昏死过去了。

坏心的王后看到她倒在地上，大笑着说："哈哈！白雪公主从此以后就从这个世界上消失了。"

小矮人傍晚回家的时候，看到白雪公主躺在地上像死了一样，他们马上把她抬到床上，尽力地施救，可是白雪公主仍然没有醒过来。

小矮人们哭哭啼啼地把白雪公主放在一个装满鲜花的玻璃棺材内，准备举行盛大的葬礼。

这时，邻国的王子正好路过森林，看到了玻璃棺材里美丽可爱的公主，还有在旁边哀悼的小矮人和小动物们。

王子知道事情的经过之后，含着泪水悲伤地注视白雪公主说：

"可怜的公主，如果你能复活的话，该有多好呀！"王子向白雪公主献上了花束，含情脉脉地凝视着她说：

"她的皮肤雪白，脸颊红润，好像睡着一般，根本不像死去的人。"最后，王子情不自禁地俯身吻了她。

突然，白雪公主从口中吐出了吃进去的苹果。原来是王子对公主的爱使毒苹果失去了效力，公主逐渐恢复了体温，睁开明亮的双眼。

白雪公主苏醒了过来，好像是从长睡中醒来一般，她的脸颊和唇依旧是那么得红润。

"哇！你们看到了吧！白雪公主活过来了！白雪公主复活了！"

小矮人们雀跃不已，兴奋地叫着。王子更是满心欢喜地说：

“真是太好了！白雪公主重生了，上帝真的不会让我失望啊！”

连在旁的动物们也叽叽喳喳谈论不休。王子向白雪公主说明了他的来历之后，握着公主的双手，温柔地说：

“公主，你愿意和我一起回皇宫，做我的王妃吗？”

白雪公主羞怯地点头答应了。

小矮人和森林的动物们，有的手舞足蹈，有的欢声歌唱，为王子和白雪公主歌颂庆贺。

“祝愿王子和公主，永远幸福快乐！”

王子带着白雪公主，骑着白马向小矮人和森林里的动物们告别，他们一直回头向小矮人们挥手说再见：

“小矮人们，感谢你们对我的照顾，我会永远记得你们的。祝你们幸福，再见！”

他们离开森林，回到邻国之后，马上受到全国人民的欢迎。在人民的心目中，他们真是天生一对。

坏心的王后自从毒害了白雪公主之后，就以为白雪公主必死无疑，所以非常高兴。

有一天，她满怀自信地问魔镜：

“魔镜、魔镜，现在世界上最美丽的人应该是我了吧？”

魔镜回答说：

“除了白雪公主以外，你是最美丽的人，但是，在邻国生活的白雪公主比你漂亮千万倍。”

王后听了觉得很奇怪，她想白雪公主不是被她害死了吗？可是又想到白雪公主运气一向很好。

“简直是气死人了，我就不相信不能杀掉白雪公主！”

王后原本就是个女巫，于是她骑着魔扫帚，带着魔剑，飞往邻国，准备去除掉她的眼中钉。当她飞到邻国的上空时，突然一道闪电朝坏王后打来。

劈！叭！

一阵响声把女巫王后从扫帚上打下来。

女巫王后终于受到上帝的处罚，结束了作恶多端的生命。

此时，王子的国家却举国欢腾，因为美丽的白雪公主答应了王子的求婚，正在举行盛大的婚礼。

小矮人和森林里的动物们也被邀请来参加婚礼，在全国人民的祝福声中，王子和白雪公主将永远快乐地生活在一起。

为什么我们要分析《白雪公主和七个小矮人》？因为这是一个非常优秀的、成功的故事。那它到底优秀在哪里呢？

大家都知道《白雪公主和七个小矮人》这个故事，并不是一个中国本土的故事，它是几百年前的德国童话故事，漂洋过海来到中国的。

来到中国之后，它又非常受我们中国人的欢迎，在我们的国家，几乎每个上过学的人都知道这个故事，它成了名副其实的超级畅销故事！它不仅来到了中国，还去了美国，并且被迪士尼改编成了世界上第一个长篇动画。

一个故事能够几百年经久不衰，能够漂洋过海得到其他国家人们的喜爱，能够被迪士尼改编成世界上第一个长篇动画，足以证明这是一个成功的故事、畅销的故事。

在我们国家，也有很多经典的小说故事，比如：《红楼梦》《西游记》等，它们流传深远，意义非凡。

一个故事之所以能够这么畅销、这么长销，肯定是有它的道理和秘诀所在的。

那是不是只要我们窥破了它的秘诀，知道了它的原理，我们就也能写出这样的故事了呢？

不一定，还需要我们勤奋练习。就像是我们知道了手工制作某种东西的原理，但是也不是立马就能制作出来的，它还需要反复不断地实验。但是如果我们不知道原理，那永远不可能制作出来。小说写作也是如此。

那接下来我们来分析一下《白雪公主和七个小矮人》这个畅销故事，看看它畅销、长销的秘诀吧。

前面我们讲过，一个故事是由人物、事件组成的。除了人物和事件之外，在具体的写作技巧中还要涉及故事的悬念设置、场景描写、难题设计等。

《白雪公主和七个小矮人》讲的是继母和继女之间的故事。一个公主快乐地在父母以及全国民众的呵护下长大，在她以为自己会这样一直快乐下去时，突然发生了不幸——她的母亲死了。母亲死了之后，父亲娶了一个继母。原本母亲去世对公主打击就很大，但是现在更悲惨的事情要发生了——继母要杀她。

成功小说的第一个元素：主人公的难题

我们在导学里讲过，小说/剧本就是故事，那什么是故事？

故事实际上就是“事故”，“事故”也就是“意外”，主人公遇到了某种突发的意外，这个意外会对主人公的生活造成严重困扰。

为了解决这个困扰，主人公要去做某件事情，在做这件事情的过程当中主人公会遇到各种各样的阻力，这些阻力我们称为难题。

比如，在大地震的时候，解放军某部队接到上级命令，往前线救援，他们在这个过程中可能会遇上塌方，汽车无法前行，大河决堤，被障碍物拦住去路等阻力。这些阻碍主人公的阻力就是故事的难题。

既然有阻力，那就一定有阻力源！在解放军救援的这个过程中，阻力源是地震，这个阻力源是我们没有办法克服、没有办法战胜的，我们能做的就是在它的魔爪下救援，或是逃生！

再如，我们在武侠小说中经常会看到，某个人在很小的时候全家其他人被仇人杀害，十八年后他长大成人，学成武功，要给父母报仇雪恨。在报仇雪恨的时候他遇到的阻力就是武功比自己高强很多倍的仇人！首先他可能先要打败仇人的手下，一个接一个的仇人手下就是他报仇的阻力，等他把这些手下打败了，最终要跟仇人巅峰对决！

阻力源是仇人，是杀死他父母家人的凶手。而在故事的最终，我们必须把这个人物给打败，这样故事才算结束，所以跟阻力源的巅峰对决，就是主人公的最后一个阻力。如果主人公失败了，就成了一个悲剧故事；主人公成功了，就是一个英雄故事。

那在《白雪公主和七个小矮人》这个故事里，主人公白雪公主的阻力源是继母。白雪公主只想平平安安生活，然而恶毒的继母不让，白雪公主的生活遇到了各种各样的难题。这些难题如下：

①疼爱白雪公主的母亲突然死了。

②继母派侍卫杀白雪公主。

③被放了的白雪公主又饿又累，无家可归。

④继母用毒苹果毒死了白雪公主。

⑤继母变成女巫来杀白雪公主。

以上便是我们在这个童话里面看到的主人公的五个难题。现在我们来观察一下这些难题有什么特点。

第一个特点：难题一个比一个大

我们看到这些难题，是一个比一个大的，它在慢慢地升级，最终到达巅峰。刚开始的时候我们的主人公只是失去了最疼爱她的母后，这个难题从客观的角度来讲并不是很大，因为失去父母，是每个人都必须经历的。但是，失去了母亲之后，白雪公主就立即招来了杀身之祸，这个问题就很严重。

杀身之祸比失去母亲是不是要大？第一次被派来杀白雪公主的是一个宫廷的侍卫，因为白雪公主太可爱了，这个侍卫舍不得杀白雪公主，所以放了她。被放了之后引来第三个难题：白雪公主又饿又累，无家可归。

一个从小在父母的宠爱、全国人民的宠爱下长大的公主，现在失去了母亲、被继母追杀、在森林里又饿又累、无家可归，这个难题是不是比前面的又大了？

第四个难题是继母亲自来杀白雪公主，继母用毒苹果毒死了白雪公主。在杀她的对手上又升级了，第一个对手仅仅是一个宫廷的侍卫，现在是继母亲自来杀她，可见这个继母杀白雪公主的决心，她是不杀掉白雪公主不罢休的态势。

所以，对手在升级。

从结果上来看，侍卫造成的结果是白雪公主又饿又累、无家可归，继母造成的后果是白雪公主死了。

结果更加恶化，危机在升级。

第五个难题是继母得知白雪公主还没死之后，又变成了女巫来杀白雪公主。与前四个难题相比，对手还在继续升级，对手从一个王后变成了一个女巫。女巫跟王后相比，谁厉害？当然是女巫，女巫是有法力的，就算是有千军万马保护白雪公主也没用，女巫可以用法力制服这些凡人。

我们来看看，继母为什么要变成女巫来杀白雪公主，因为前面总共对白雪公主进行过两次刺杀，第一次侍卫放了白雪公主，第二次她自己亲自动手，本来毒死了白雪公主，但是又被王子给救了，两次的刺杀都以失败而告终，所以她愤怒了，她一定要杀死白雪公主，她要用自己的最大的招来杀白雪公主，于是她要变成女巫。

我们可以看到，这就是一个坏蛋的计划屡次被主角破解之后必然导致的结果——愤怒，愤怒之后就要放大招。

当敌人放大招了，也就意味着故事到尾声了。最终女巫受到了上帝的惩罚，被上帝给杀死了，故事也就结束了。

所以，我们最终得出的结论是：故事的难题一个比一个大，主人公遇到的阻力在逐渐升级；当主人公面对对手要放大招的时候，就是故事到了要结束的时候。

比如，我们前面举的武侠小说的例子——当主人公开始跟仇人对决的时候，就是故事结束的时候；解放军的例子——当他们攻克最后一个难关的时候，就是故事结束的时候。

总结：故事的难题层层升级，最后一个难题达到巅峰。

第二个特点：难题环环相扣

白雪公主遇到的第一个难题是疼爱她的母后死了，所以父王才娶了继母，但继母是一个精通巫术、性格暴戾、见不得别人比她美丽的继母，才会引发继母因为嫉妒白雪公主的美貌，对白雪公主痛下杀手。也就是说，第二个难题是第一个难题引发的，如果白雪公主的母后没有去世的话，父王就不会迎娶新王后，也就不会发生后面一系列的事情。

新王后派了侍卫去杀白雪公主，尽管最终侍卫看到白雪公主如此清纯美丽，放了白雪公主，但是又导致了白雪公主又饿又累，无家可归，也因此认识了七个小矮人。但是因为白雪公主认识了七个小矮人，逃过一死，所以才有了继母亲自动身前来用毒苹果来毒白雪公主这个难题，最终白雪公主被毒死了。

第五个难题是继母变成了女巫来杀白雪公主，为什么会有这个难题？因为白雪公主被王子救了。

总结：每两个相邻的难题环环相扣，并不是独立的。

成功小说的第二个元素：人物结构

一个故事除了难题之外，还必须有的就是人物。人物结构是指故事中人物的组成方式。传统的小说/影视剧由正面人物和反面人物组成，当正面人物战胜反面人物时故事也就结束了。

小说在经历了几百年的演变之后，人物的组成方式也在不断升级，到今天为止，我们在市面上看到的小说中人物的组成方式已经有上百种，但是畅销小说/影视剧的人物组成方式其实不超过十种，如果我们能够分析总结出这些畅销的、成功的小说人物组成方式，我想我们在人物结构上也就可以达到炉火纯青的水平了。

我们来看看《白雪公主和七个小矮人》这个畅销、长销的童话故事里有哪些人物：

正面人物（主角）：白雪公主

主角的朋友：七个小矮人、王子、侍卫

反面人物：女巫（继母）

反面人物的朋友：魔镜、侍卫

看到上面这个之后，很多同学可能就会问了：唐糖老师，那国王和死去的王后呢？为什么没有这两个人物？因为这两个人物在整个故事中其实只是龙套的角色，基本没有戏，所以我们可以不用去分析他们。

我们看到这里面有一个人物——侍卫，出现了两次，他既是正面人物的朋友，也是反面人物的朋友。这种人物我们称为

“多面人物”，他的性格是不固定的，亦正亦邪。

多面人物又可以根据在故事中起到的具体作用而有不同的分类。在这个故事里面，这个多面人物是被迫成为反面人物的朋友，我们称为“坏人阵营里的好人”。但是要注意一点，坏人阵营里的好人不是卧底，他和卧底是有本质区别的。坏人阵营里的好人还是和坏人在一起，大多数时候他是在帮坏人做事情，只是在有些关键时刻他会给好人提供帮助。卧底则是好人，他是好人阵营安插到坏人阵营里去的。

所以这个故事的人物结构是：正面人物、反面人物、正面人物的朋友、反面人物的朋友、多面人物（坏人阵营里的好人）。

我们现在来看看，主角在这个故事里面的作用。主角是一个贯穿全文的人物，她把这个故事一步一步地呈现出来。但是在这个故事里面，她是比较被动的，所有发生的事情都是外界逼迫她的结果。主角的朋友们的作用就是帮助主角，主角把所有人连接在了一起。比如，侍卫放了白雪公主，七个小矮人给又饿又累、无家可归的白雪公主提供了帮助，王子救了白雪公主。

女巫，则是整个故事的动力。整个故事是因为女巫嫉妒白雪公主的美貌，她要杀白雪公主而起，她想杀白雪公主的心有多深，整个故事的动力就有多强。如果女巫说我现在不杀白雪公主了，那这个故事就结束了。当然，故事的动力有的在反面人物这边，有的则在正面人物这边，也有的两边都有动力，这个我们在故事动力这一章会详细讲析。

相比正面人物的朋友，反面人物的朋友的作用更为复杂一些。

魔镜：魔镜是整个故事的推波助澜者，正是因为它怂恿了女巫，所以女巫才会去杀白雪公主，这个角色相当于是我们经常在电影或者电视剧里面看到的奸恶军师、皇帝身边的可恶太监一样。

侍卫：侍卫在这个故事里面是女巫的朋友，他在帮助女巫杀白雪公主，但是他起到的作用是破坏了反面人物的计划，帮助了主人公。

所以，在整个故事中，任何一个角色都有他的作用，或帮助正面人物，或帮助反面人物……但是有一个共同的特点就是：推动故事情节的发展，包括两个龙套人物——国王和死去的王后，在开始的时候也在推动故事情节的发展。

王后：本来白雪公主是个快乐幸福的公主，这个本没有什么可以讲的故事。但是王后死了，导致国王娶了一个暴躁、见不得别人比她漂亮的女巫继母，于是这个故事就展开了。

国王：如果国王不娶女巫，也就没有女巫要杀白雪公主的事情，更不会有后面七个小矮人、王子什么事。

魔镜：魔镜告诉女巫，白雪公主比她漂亮，所以女巫才会去杀白雪公主，假如魔镜说女巫最漂亮，那女巫就不会去杀白雪公主，也就没有后面的故事情节。

侍卫：侍卫是去杀白雪公主的，假如侍卫杀掉了白雪公主，这个故事也就结束了，可偏偏侍卫放了白雪公主，才导致女巫要亲自去毒杀白雪公主。

七个小矮人：假如白雪公主被侍卫放了之后就饿死了，那也就不会有在树林里遇到七个小矮人的情节，也就更不会有后面的故事了。

王子：假如白雪公主被毒死之后没有遇到王子，或者王子的吻并没有救活白雪公主，那也就没有后面继母变成女巫的情节了。

结论：所有的人物，包括龙套人物，都在推动故事情节的发展。

（1）故事的原动力（反面人物）一定要足够强，他的实力一定要强于主人公。

（2）故事当中出现的每个人物都要扮演重要角色（无关乎戏份多少）。

第二章

常用的故事构思法

1. 为什么要讲故事构思

（1）故事构思的好坏直接影响故事的可读性。

比如你写的是一个历史小说，你手上有一大堆历史资料。故事构思做不好，那你最终写出来的东西就是把历史资料重新堆砌一遍，完全没有可读性，出来的肯定也不会是一部好作品。

（2）故事构思的粗细直接影响作品创作的速度。

在我们的工坊写作课上，我们通常给每个学员构思的时间只有 3 天，要想在 3 天之内构思出一个故事，如果没有一个成熟的构思套路，几乎不太可能完成，除非你是一个小说天才。

（3）故事构思是否完善直接影响你的作品能否成功完成。

如果故事构思没有完善，那在创作的过程中可能会面临不知道故事情节如何往下走，不知道故事的人物如何出场等问题，导致卡文，严重者会开始怀疑自己的作品，总想推倒重来，甚至有的人会直接放弃写作。

以上说这么多，其实就是为了让大家明白故事构思的重要性，并认真对待我们接下来要讲的内容。

2. 如何快速地构思一个故事

关于这个问题，可能每个成熟的作家都有自己的杀手锏，他们在长期的写作过程中已经形成了一套属于自己的故事构思模式。那么我在这里给大家介绍自己在长期写作中摸索出来的故事构思模式。

小说剧本的构思一般有两个步骤。第一个步骤我们把它命名为“问题构思法”；第二个步骤我们命名为“难题构思法”。

第一个步骤，要定下故事的框架，比如到底要讲一个什么样的故事？故事的主人公是谁？矛盾冲突是什么样的？故事的结局是什么样的？

第二个步骤，构思具体的故事情节——这个故事里发生了什么？

问题构思法

顾名思义，“问题构思法”肯定跟问题有关。在问题构思的阶段，要确定一个故事的框架，我们只需要回答以下五个问题便可。

（1）他是谁？（人物）

这个问题是要确定故事主人公的身份，因为主人公的身份关系到我们后面所有的故事构思。一名律师和一名军人的职责是不同的，一名教师和一名医生的工作性质也是不同的，他们的身份会影响作者给他们安排的事件和场景。所以主人公的身份在小说里面是至关重要的，在这里需要说明的是，故事里的人物身份设置没有好与坏之分，人物身份的选取也没有好坏之分，只有我们给他们安排的故事有优劣之分。

在《琅琊榜》中，主人公的身份是赤焰军的幸存者首领；在《我的前半生》中，主人公的身份是被丈夫抛弃的富太太罗子君；在《白雪公主和七个小矮人》里，主人公的身份是被继母追杀的失落公主。

我们可以看到，在上面所举的这三个例子当中，主人公无一例外都有一些缺陷。我所说的这些缺陷是指生活的缺陷，他们都面临着生活的变故：第一个案例《琅琊榜》中，主人公是一个幸存者。第二个案例《我的前半生》中，主人公是一个被丈夫抛弃的女人，并且她是一个什么也不会的富太太。第三个案例《白雪公主和七个小矮人》中，这个公主正在面临被继母追杀。

所以，我们确定主人公身份的时候，同时要给主人公设置一个挫折，比如一个被老板开除的律师，他的职业身份是律师，面临的挫折是被老板开除；比如被仇家追杀的剑客，他的职业是剑客，他现在面临的挫折是被仇家追杀。

有的同学可能会问：我们可以不给主人公加挫折吗？

我们可以想象，如果《琅琊榜》里主人公只是赤焰军，《我的前半生》里主人公只是个富太太，《白雪公主和七个小矮人》的主人公只是公主，那还有故事吗？没有。

所以，如果我们不给主人公加挫折的话，故事也就没有“事故”，人物也就不再吸引我们！

（2）他要做什么？（事件）

我们在第一个问题中确定了人物的身份。在这个问题里面，我们要确定的是主人公的行动任务。现在你要写一个故事，你已经有人物了，那你得知道你的人物要做什么，也就是说你要给你的人物安排任务。

他要跟仇人决战吗？他要去寻找宝藏吗？他要把东海的水吸干吗……在这些问题中，你可以随意发挥你的想象力，你可以不受现实情况的束缚，可以天马行空般自由幻想。

在《琅琊榜》中，主人公要做的事情就是为赤焰军平反；在《我的前半生》中，主人公要自力更生把生活过好；在《白雪公主和七个小矮人》中，主人公要逃命。

但在这里，我们也要知道一点，我们给主人公布置的任务越大，接下来的故事构思可能就会越容易。当然这个任务的大小是相对的，是要根据主人公的身份来定的。如果我们的主人公是个小混混，他现在要在两天之内凑够五百万元，这个任务对他来说是几乎不可能完成的；假如我们的主人公是一个上市公司的董事长，两天之内凑够五百万元对于他来说根本不是难题。

所以，主人公越强大，你给的任务也要越艰难。

（3）他为什么要做这件事？（动机）

这个问题我们要找的是人物做事的动机，当我们有了人物，也有了人物的任务，现在人物马上就要行动了。但是为了让人物百分之百地完成这个任务，我们得告诉他为什么要这么干，给他一个充分的理由。

一个律师为什么要去抓坏人？一个读书人为什么要去烧少林寺的藏经阁？白雪公主为什么要逃命？梅长苏为什么要给赤焰军平反？这些都是需要理由的，假如我们没有足够的理由说服人物去行动，那么人物在行动的过程当中遇到难题可能就会退缩。读者也许会问：一个律师好好的官司不打，为什么要去捉坏人？一个读书人为什么不好好学习，要去烧藏经阁？如果你不能用充分的理由说服读者，给读者一个你的人物不得不这么做的理由，那么读者可能就会放弃阅读你的小说。

并且，在这里还要注意的是，我们不仅要给人物理由，并且这个理由还要足够充分。比如，在《白雪公主和七个小矮人》里，如果白雪公主拼命逃生不是以为继母要杀她，而是继母要抢她手里的布娃娃，那这个理由足够吗？肯定是不够的。再比如，在《琅琊榜》中，梅长苏要为赤焰军平反的动机不是赤焰军被陷害至全军覆没，而是有人抢了赤焰军一个小兵手里的馒头，这理由肯定也是不够的。所以不仅要有动机，而且动机要足够充分。

当然，在有些故事里面，如果对抗的双方是大家公认的天敌，那就不需要理由。比如警察和坏人、解放军和灾难、八路军和日本侵略者、猫和老鼠等，我们不需要再单独交代动机。

（4）他准备怎么做？（计划）

在这个问题上我们要构思出故事的大致情节。

我们的故事有了人物、任务、动机，那么现在人物应该行动了，他怎么行动呢？

人物在行动之前，他要有一个完整的计划，比如，现在唐糖小君要从深圳回大凉山，他首先要给自己制订一条路线。他可能从深圳火车站坐火车到成都，然后从成都转车去西昌，他也可能是直接坐飞机去西昌，他还可以坐飞机到昆明再转乘飞机到西昌，这是三条不同的回大凉山的方式。

如果事先没有制订好路线，那唐糖小君收拾好行李从家里走出来根本不知道往哪里走，就会像一只无头苍蝇般没有方向。

同样，我们小说写作也是如此。在动笔之前，如果作者给人物制订的计划不够完善，那么任务进行到一半时可能就不知如何往下写了，这往往也是很多作者卡文的主要原因。

当然，如果要非常完善地构思出一个故事的情节，我们还需要知道故事中的反派人物，还需要知道主人公面临的难题等。所以在这个步骤中，虽然制订的计划不是很详细，但是我们必须得在脑海里有个大致的故事情节走向，也就是主人公要做的大概事情。

（5）他这么做的结果是什么？（结果）

人物在按照你所给的这个计划做事之后，最终他怎么样了？

比如唐糖小君乘坐飞机到昆明，在昆明转机去西昌，他最终回到了大凉山了吗？一个被人陷害开除公职的警察按照作者给的计划想要复职，那他最终成功复职了吗？赤焰军幸存者最终为赤焰军平反成功了吗？白雪公主最终成功逃脱继母的追杀了吗？

在这些问题中，我们要的其实就是找到我们故事的结局。因为结局就是故事的目标、人物的目标、作者的目标。如果没有目标，那所有的计划都无从制订。比如说唐糖小君没有告诉助理他要回的是大凉山，那助理如何给他制订回家的路线呢？如果梅长苏没有想过要给赤焰军平反，那他所做的事情将东一榔头西一棒子，毫无目的，故事也就不会像我们看到的那样明晰、精彩。

难题构思法

难题构思，是问题构思法中的第四个具体步骤——他准备怎么做？在这个流程里面，我们要比较细化地去构思具体的故事情节了。

（1）一句话概括你的故事。

要一句话讲出你的故事。

比如，《花千骨》用一句话概括就是：女徒弟和师父的虐恋。尽管整个小说中有很多人物，故事线也很复杂，但主线就是花千骨和白子画的虐恋过程。

再如，《琅琊榜》用一句话概括就是：赤焰军幸存者的复仇权谋之路。整个故事都是围绕着赤焰军幸存者梅长苏的复仇来展开。

那么，为什么要用一句话概括你的故事？其实就是让我们把我们自己故事的主线和类型提取出来，让我们时刻记得我们是在写什么故事，不要走偏。比如：你本来是写一个言情小说的，结果你写着写着就写成了悬疑小说，或写成了武侠小说，在不知不觉中把自己的作品写成四不像的作品。

很多时候新手作家会在写作过程中，忘记自己要写的是一个什么故事，什么类型的故事，硬是把一个宫斗的小说写成了军事小说，把军事小说写成了武侠小说……这样的作品绝对是失败的。

《花千骨》里故事写的是女徒弟和师父的恋爱，主线是徒弟和师父虐恋的过程，类型是“虐恋”，我们可以看到整个小说中有很多对恋人，紫萱对白子画，杀千陌对花千骨等。

除了爱情之外还有很多矛盾，但这些矛盾的根源都是因为花千骨和白子画的恋情而引起的，或者花千骨和白子画的恋情在影响着这些矛盾的升级。在故事类型方面，这些男女之间的恋爱全部都是虐恋，没有一对是有好结果的，作者时刻记得自己写的是一个虐恋的小说。

《琅琊榜》电视剧中故事主线就是赤焰军幸存者的复仇。主人公所做的种种决定都是为了复仇，甚至梅长苏和霓凰郡主的恋情也都是为了复仇而变得非常虐心，并且从故事的结构方面来讲，他们两个的恋情也是为故事主线发展服务的。

作者时刻记得这个剧本是复仇剧本，而不是言情剧本，所以言情的成分在这部剧里只起到了辅助作用。那么在类型方面，作者时刻记得这是一部权谋剧，而不是武侠剧。所以在这一部剧中，所有的对手戏都不是通过武力，不是通过军事，而是通过计谋和智慧来完成的。

一个作者想要写出一个非常好的类型小说，就一定要能够用一句非常简短的话概括出他的故事。这句话里面一定要包含故事主线和类型，并且你要时刻记得这个公式：

故事=人物+任务+结局

（2）找到你故事的结局。

为什么要找到故事的结局？因为故事的结局就是作者的目标，当故事发展到了结局的时候，作者的使命也就完成了，也就意味着他已经完成了一个完整的故事。

在电视剧《花千骨》中，最终的结局是白子画携花千骨隐居。《琅琊榜》的结局是梅长苏成功为赤焰军平反。这两部剧的作者从一开始动笔就非常清晰地知道故事的结局，所以他们的目的非常明确，作者所有设计的场景、事件，全都是为结局服务的，为人物制订的所有计划都是为了达到最终的结局。

当然，有些读者可能会问：不是说在寻找卧底的小说里，连作者都不知道卧底是谁吗？

是的，有些悬疑小说的作者在写作的时候，为了达到悬疑的作用，连作者都不知道卧底是谁。但是我们也知道，所有卧底小说的结局都有一个共同特点，就是最终卧底被找出来了。就算是卧底小说的作者，他在写小说的时候也早就知道卧底是会被找出来的。别说作者，就连读者、观众都知道卧底是会被找出来的。

（3）找出你故事中最主要的正派和反派。

无论是什么类型的小说，都会有两种人物：正面人物和反面人物。正面人物很容易找到，就是我们的主人公以及主人公的朋友。但是反派可能是人，也可能是天灾人祸，如地震、火灾、洪灾、雷电，还可能是猛兽、妖怪，甚至可能是主人公自己，也可能是某种制度……只要是跟主人公对立的、阻止主人公达到目的的，我们都称为反派。

在电影《国王的演讲》中，反面人物就是主人公自己，准确地来说应该是主人公"一紧张就口吃"这个毛病。他想要在士兵出征之前对全国人民进行一场演讲，然而"一紧张就口吃"的这个毛病一直在阻碍他达到这个目的。

那为什么要找出反派？前面我们已经找到了故事的结局，也就是主人公的目标。那主人公有了目标之后肯定要寻找到达成目标的路线，为达到这个目标制订一个周密的计划。

再假设，如果 A 要从深圳回到大凉山去，他现在在深圳，他的最终目的地是大凉山，我们要给他制订一个回家的路线计划，做这个计划的时候我是否要考虑阻止 A 回家的因素？比如天气的因素、金钱的因素、疫情的因素等。

比如，这些因素可能是：因为天气原因，导致航班不飞了，现在 A 就不能坐飞机了，他就只能乘坐火车再转车。但是火车刚进成都就因为灾害原因道路塌方也走不了了，我们就安排 A 坐汽车，结果汽车在路上抛锚了，我们只能让他走路……你看，我们在给他制订这个计划的时候，是根据外界给的具体阻碍而来制订的。就好比《人在囧途》，一路上各种意外导致的故障，才有了囧途这样的精彩故事。

写作也是如此，作者需要考虑他的主人公要如何战胜对手，达到目标。他要提前想到在整个过程中主人公会遇到哪些问题，这些问题该如何去解决。

比如，在《琅琊榜》里，主角的最终目的是要为赤焰军平反。为了平反，梅长苏做了几个计划：

①辅佐萧景琰登上太子之位。

②重审赤焰军案。

③赤焰军案平反，故事结束。

在有了这三个大步骤之后，作者又把计划细分。辅佐萧景琰登上太子之位的过程中，他有两个对手，一个是太子，一个是萧景桓。他需要把萧景桓和太子打败，萧景琰才有机会登上太子之位。计划是：先制订协助萧景琰打败太子的计划，再制订成功打败萧景桓的计划。当然在这些步骤里面，作者又做了更细致的划分。

所以，构思故事的时候，要找出你故事中最主要的正派和反派，为正派制订一个战胜反派的计划。

（4）为你的主角设计几个大的难题。

前面三个步骤，我们已经有了一个粗略的主角战胜反派的计划。那么现在我们要做的就是把这个计划细化，把它制订成一个天衣无缝的、能够克敌制胜的计划。我们要给主人公设计一系列的难题、障碍，于是，我们的配角也就要产生了。

比如，在《琅琊榜》里，梅长苏要平反赤焰军，他的计划是辅佐新太子，于是萧景琰这个男二号就出现了。但总不能让萧景琰一帆风顺地就当太子吧？在这个过程中必须要给他一些阻碍，于是太子和萧景桓这两个反二号就出现了。主角要打败这两个对手，也不能很容易就得手吧，那么这两个人得要有帮手，于是其他配角就出现了。同样，主角要去执行这个计划，一个人肯定不行，主角得有帮手，于是其他配角就出现了。一个故事的大概雏形和大致需要执行的任务就出现了。

所以我要告诉你的是，一个故事的构思，不是先构思人物，而是要先构思故事、构思故事的计划。等你有了故事的计划，执行计划的人和阻碍计划的人就出现了，人物也就有了。如果你不知道故事的计划，或者当你的计划太过平庸的时候，尝试给你的主人公设置难题，并且这些难题要一个比一个大，这样一来，你的主人公为了解决这一系列的难题就要去做很多事情，于是你的故事就有了，而且会越来越丰满。

以上是构思一个故事的四个步骤，是这些年来不管是我自己写作还是教学都会使用的，并且是屡试不爽的方法。如果你按照上面的四个步骤来构思一个故事，三天构思好不是一件难事。甚至只要你掌握了这种方式，你还可以批量地去生产故事。

当然，在这里我也声明一下，这种故事构思的方法比较适合近几年来很热卖的小说作品。很多人说这样写不出好作品，好作品没有办法教出来。的确，经典作品是没有办法教出来的，伟大的作家也不是某个教程能够教出来的。但是卖得好的故事有它的规律，因为人们的审美方式是有据可循的。更何况，也有伟大的小说——《西游记》符合我们上面讲的这些规律，具体可以自己按照上述方法去细细分析。

第三章

四个步骤构思一个跌宕起伏的故事

首先我们来讲一下故事大纲的写作方法。

在过去四年的小说写作教学过程中，我经常会被问到如何去写人物故事大纲和人物小传，什么样的故事大纲和人物小传是合格的呢？

在回答这些问题之前，我们先来聊一聊故事大纲的作用吧。

写过小说的朋友应该都有这样的经验——突然某天觉得自己有了一个很好的想法，然后匆匆动笔，刚开始的时候觉得自己下笔速度特别快，迅速写出了一两万字，但是到两万字的时候突然就写不下去了，不知道情节该如何往下发展，不知道人物该如何出场。写了好几天写不动，于是就放弃了。

还有的人，写了三四万字突然发现自己的走向偏离了，或节奏错乱了、某个场景提前出现了，使故事出现了重大的漏洞，于是只能推倒重来。接着又匆匆忙忙地动笔，写到了三四万字发现又不对，再推倒重来。这样反复了几次之后就会觉得自己没有天赋，最终放弃。

造成以上问题的原因就是作者对自己的故事并不是很了解，还没有搞清楚故事的具体情节和故事的走向，甚至连故事的结构都是模糊的，故事节奏应该是怎样的也没弄明白。所以在动笔之后就会遇到各种各样的问题。

而故事大纲恰恰就是要帮助我们解决这些问题的，让我们事先把自己故事当中的所有问题都理清楚。

主人公遇到什么难题？

在什么地方和敌人搏斗？

他用什么样的方式救出他的同伴？

最后女主角是否和他在一起？

当故事情节走到哪个阶段的时候主人公要切入，然后跟敌人生死搏斗？

在什么场景下主人公选择和对手做最后的决斗，他们最后的决斗结果是什么？

当我们在动笔写作之前把这一切都理清楚了，那么动笔写作之后就只差用小说的语言把故事讲出来了。这个时候写作就不仅不会遇到问题，速度反而还会更快。

说到这里你应该就明白了，写一个故事大纲，不是三五句话能够讲清楚的，因为它其实就是一个小说构思的过程。当我们把一个故事构思清楚了，清楚到我们在动笔阶段毫无障碍了，那故事大纲也就算写成了。

同时，我要告诉你的是，故事大纲没有模板可言，只有当我们掌握一套完整的故事构思的流程，我们才能写出故事大纲。

所以在这个章节里，我们要讲的是一个完整故事构思流程。

我将会告诉你四个步骤构思一个完整故事的秘诀，只要你按照这四个步骤进行，不仅能够完整地构思出故事，而且能够解决让众多新手作者头疼的故事节奏问题，也能解决写作速度的问题。

这四个步骤是：

第一步：把我们脑海里杂乱无章的想法浓缩成一个有顺序的想法。

第二步：认识故事的结构，并将故事分段，用故事的结构来帮助我们解决故事节奏的问题。

第三步：构建小说的主要情节，确定如何推出人物。

第四步：构建故事的开头和结尾。

等我们走完了这四个步骤，自然就知道如何去写故事大纲了。

1. 浓缩杂乱无章的想法

很多时候，当我们坐下来准备写一个故事的时候，可能这个故事已经在我们的脑海中酝酿了一年、两年甚至更久。所以这个时候，我们对小说的主要人物、部分场景、大致的戏剧冲突、结局都有了一些设想。

但是这些仅仅只是设想，它不是成熟的，所以写作者的当务之急就是要把这些个无序的、杂乱的东西整合成一个看得见、说得通、读得懂的东西。

这个过程需要以下步骤。

第一步：确定故事的类型。

故事的类型有很多，如悬疑、奇幻、言情等。当然，如果你是一个传统文学的写作者，那么你的故事类型可能没那么清晰。

但是，我们也要尽量做到细分。细分的好处，就是让作者时刻记得自己写的小说是什么类型的，不至于在创作的时候走偏了方向。

第二步：找到故事的主人公。

在这里，我们要确定的并不是主人公的名字，而是主人公的身份。在电视剧《琅琊榜》里，主人公的身份是赤焰军的一个幸存者。而在电视剧《花千骨》里，主人物的身份是师父和女徒弟：一个是上仙，一个是上仙的“生死劫”。

当然，我们在这里说的人物身份是指故事刚刚开始的时候人物的身份。因为随着故事的发展，有的人物的身份也会随之改变，比如《倚天屠龙记》里的张无忌，刚开始的时候他只是一个身受玄冥神掌的孤儿，到后来他又变成了明教的教主，他的身份是随着故事情节的推进而改变的。

所以，我们要确定主人公在故事刚开始时的身份。

第三步：确定主人公的任务。

每一个故事都是围绕着主人公展开的，而故事的内容其实就是主人公做某件事情的经过。比如《琅琊榜》写的就是主人公为赤焰军冤案平反的过程；《花千骨》写的就是女徒弟和师父虐恋的过程。

而主人公所做的这件事情就是主人公的任务。

梅长苏（《琅琊榜》里的人物）的任务就是给被陷害的赤焰军平反。花千骨（《花千骨》里的人物）的任务就是跟白子画谈一场恋爱。

不过《琅琊榜》中主人公的任务一开始就是清晰的，主人公清楚地知道自己要干什么，观众也知道主人公想干什么。而在《花千骨》里主人公的任务并没有那么清晰，观众不知道，主人公也不知道，这一切只有作者自己知道。

这实际上是代表着两种不同的小说类型。第一种类型小说在已经非常成熟的西方国家比较多见，第二种则是在中国比较多见。

这两种故事相比较，第一种故事走向非常清晰，目标比较明确，就像电影《流浪地球》，故事的目标非常明确，那就是拯救地球；电影《解救吾先生》就是要解决被绑架的吾先生，所有的情节都是在围绕着这件事情进行。故事的脉络，作者一开始就知道。

第二种故事则比较庞杂，规模比较宏大。金庸的小说规模都非常宏大，看了开头我们没有办法猜到结局，甚至连主人公自己都不清楚自己在整个故事中的任务是什么。比如《笑傲江湖》里的令狐冲，他没有一个明确的任务，好像所有的故事情节都是阴差阳错地在发生；《倚天屠龙记》里的张无忌也是根本不知道自己的任务是什么。读者也根本没有办法猜到主人公最后变成了什么人，因为它没有一个可供读者参考的核心故事线。

所有的主人公的任务、故事的结局都掌握在作者的手上，只有作者清楚故事的走向。当我们看完了整个小说之后，我们才能明白，原来《笑傲江湖》写的是一个英雄的成长过程，原来《倚天屠龙记》写的也是一个英雄的成长过程。

讲到这里，我们发现故事有两种：一种是成长型小说，另一种是任务型小说。成长型小说是主人公成长为某个人，任务型小说就是主人公完成某个任务。

成长型小说，比如《倚天屠龙记》中张无忌的任务就是从一个命将不久的孤儿成长为英雄，整个过程写的都是这个人物成长为英雄的过程。

第四步：找到故事的结局。

为什么要找到故事的结局呢？

结局就是目标！没有目标就没有办法开始，没有结局就没有开始。

就像是一个人出门，他根本不知道自己要去哪里，那什么时候才能到达目的地呢？作为作者也是如此，如果你不知道你的小说的结局在哪里，又怎么动笔呢？

当然在这里结局并不是要求你非常明确地知道故事结束的时间点，而是你要知道大致的结局。

比如《琅琊榜》里的梅长苏，他的任务就是平反赤焰军的冤案，那么故事的结局要么是平反成功，要么是平反失败。平反成功有多种方式，而失败也有很多种方式。

《倚天屠龙记》里的故事结局则只有一个，那就是张无忌成长为英雄。那怎样才算成为英雄呢？

故事的结局就是作者的目标，当故事发展到了结局的时候，也就意味着他已经基本完成了一个完整的故事。

在《花千骨》里，最终的结局是白子画携花千骨隐居；在《琅琊榜》里，是梅长苏成功为赤焰军平反。这两个小说的作者从一开始动笔就非常清晰地知道故事的结局，所以他们的目的非常明确，作者所有设计的场景、事件，全都是为结局服务的。

第五步：用一句话来概括故事。

怎样用一句话来概括？其实把我们前面四个步骤加在一起就成了：故事类型 + 人物 + 任务 + 故事结局。

上一个章节也讲过，比如《琅琊榜》用一句话概括就是：赤焰军幸存者的复仇权谋之路；《花千骨》用一句话概括就是：女徒弟和师傅的虐恋。

在这概括的一句话里面，至少要有主人公、故事背景和主要冲突，并且要有故事类型、故事结局。

比如《琅琊榜》赤焰军幸存者的复仇权谋之路。

故事类型是“权谋”。

主人公是“赤焰军幸存者”。

主要冲突是“平反冤案”。

故事结局是“要么平反成功，要么平反失败”。

再比如《花千骨》女徒弟和师傅的虐恋。

故事类型是“言情，并且是虐恋，不是小甜文”。

主人公是“女徒弟和师傅”。

故事的结局是“要么恋爱成功，要么恋爱失败”。

当在这一句话当中浓缩了人物、故事类型、故事冲突之后，无论是写故事大纲还是动笔创作，我们都能够找到明确的方向。

一句话概括就像是一个指南针一样时刻为我们指明方向，时刻提醒我们写的是一个什么类型的故事，提醒我们不要偏离方向。我们不能把一个权谋小说写成武侠，也不能把一个言情小说写成宫斗。

虽然宫斗会有爱情的元素，武侠也会有爱情的元素，权谋也会有武侠的元素，但是那些好的宫斗小说永远不会偏离主题变成一个爱情故事。

《人民的名义》故事主线是侯亮平侦破丁义珍贪腐案。类型是：官场。这部小说中有很多人物，这些人物要么是当官的，要么是当官的亲戚。故事所有的剧情都是围绕着反腐倡廉展开的，甚至连感情线都找不到。在故事的类型方面，作者始终知道是官场小说，不是警匪小说，也不是黑帮小说。所以，他弱化了抓捕过程，同时也弱化了赵瑞龙等黑恶势力的作案过程。强化主角跟他们斗智斗勇、侦破贪腐案的经过。

《我的前半生》的故事主线是离异富太太罗子君的成长之路。故事类型是都市言情，题材是女性成长。故事以富太太罗子君从被出轨到被离异成为单亲妈妈，被迫出门工作，到成长为一个职场女强人为主线。这个电视剧的编剧始终明白，她写的是女性成长，而不是言情，所以她着重刻画的是罗子君的成长轨迹。故事的大量篇幅是在展现罗子君的变化、成长历程，哪怕是贺函和罗子君之间的感情戏，也是在突出罗子君的成长。一开始罗子君是贺函讨厌的富太太，故事结束的时候，罗子君成长为贺函喜欢的职场女强人。所以，贺函和罗子君的感情也在侧面说明了罗子君的成长。

通过以上步骤，我们就可以把脑海中那些杂乱无章的想法、创意整合成一个可见的故事核心。有了这个故事核心之后，我们就可以进一步构思这个故事了。

2. 给故事分段

我们知道，故事的节奏对于数十万字的小说或者 90 分钟的电影来说是非常重要的，如果没有办法把故事的节奏把握好，该缓的地方没有缓，该急的地方不急的话，故事就会变得混乱。但是对于很多新手作者来说，把握节奏是非常困难的。因为作者根本不知道什么样的故事节奏算是恰到好处的节奏。

实际上当我们对自己故事的全局足够熟悉，故事的节奏其实也并不那么难了。那么要如何熟悉自己的故事呢？最简单的方式就是把故事进行拆分。

中学时老师给我们讲过，一个记叙文可以分成三段，起因、经过、结果。其实，小说或者剧本也可以分成三段，在好莱坞大家称之为“三幕剧结构”。

主人公做某件事情，必须有做这件事情的理由、做这件事情的经过、做这件事情的结果。比如《琅琊榜》里主人公梅长苏要为赤焰军复仇、平反。

复仇的理由是赤焰军被陷害，导致全军覆没。

复仇的过程是打败太子和誉王，辅佐萧景琰上位。

复仇的结果是逼宫皇帝重审赤焰军冤案，最后平反成功。

《花千骨》写的是女徒弟和师父的虐恋。

第一段交代女徒弟和师父为什么要虐恋？本来恋爱是很美好的，为什么是虐恋呢？

第二段交代女徒弟和师父虐恋的过程。

第三段交代虐恋的结果，他们成功了还是失败了？

《战狼 2》故事主线是退役军人找雇佣兵为老婆报仇。

第一段要交代他为什么要给老婆报仇。

第二段是他给老婆报仇的过程。

第三段交代报仇的结果。

《西游记》写的是唐僧师徒战胜妖魔鬼怪去西天取经的故事。

第一段要交代他们为什么要去取经？

第二段要交代他们取经的过程。

第三段则要交代取经的结果。

当我们把自己的故事按照起因、经过、结果分段之后，就能很明确地知道这三个部分各自的作用了。

接下来我们讲一下第二段，因为第二段是小说 / 电影的重点。

我们知道，第二段讲的是主人公执行任务的过程。

《战狼 2》里讲的是冷锋给老婆报仇的过程；《花千骨》里讲的是花千骨和白子画虐恋的过程；《西游记》里讲的是唐僧师徒

取经的过程；《琅琊榜》里讲的是梅长苏为赤焰军复仇、平反的过程。

所以第二段实际上也是主人公和对手之间进行“生死搏斗”的过程，或者说正面人物和反面人物之间的搏斗过程。比如冷锋和雇佣兵之间的搏斗过程，唐僧师徒和妖怪之间的搏斗过程，梅长苏和对手之间的生死搏斗过程。

当然，这里的搏斗并不仅仅指的是“好人”和“坏人”之间的搏斗，也可能是“好人”和“好人”之间的搏斗，还有可能是人与自然的搏斗、人与病魔的搏斗。比如2020年新冠肺炎疫情，全国人民都在跟疫情搏斗。

我们说第二段写的是主人公和他的敌人较量（搏斗）的过程，而这个过程肯定并不是一次两次的较量，而是包含了多次较量。比如《琅琊榜》里梅长苏并不是与敌人较量一次就能够为赤焰军平反的；《西游记》里唐僧师徒也并不是打了一次妖怪就能够一路顺利地取得真经的；《战狼2》里冷锋并不是一次较量就能够为老婆报仇成功的。

他们都是多次跟敌人较量，最后来一次大决斗，然后要么成功，要么失败。

比如《战狼2》里的第二段，主人公和雇佣兵总共进行了四次较量：第一次较量是主人公去医院救陈博士；第二次较量是雇佣兵派人来华资工厂抢黑人小女孩；第三次较量是主人公回华资工厂救人；第四次较量是雇佣兵全军出动，带着坦克来华资工厂杀主人公。

并且这四次较量遵循着环环相扣和循序渐进两个原则。

环环相扣指的是这些较量之间并不是相互独立的，而是具有某种关联。在《战狼 2》里，因为在第一次较量当中主人公带走了黑人小女孩，导致雇佣兵要来抢黑人小女孩，所以引发了第二次较量。在第二次较量当中，雇佣兵没能成功把小女孩抢走，于是雇佣兵再次派人来抢小女孩，这就引发了第三次较量。在第三次较量当中，因为冷锋打死了雇佣兵头目的女朋友，所以引发了第四次的较量。

循序渐进指的是主人公和敌人之间的较量的危险程度不断在升级，或者主人公的处境越来越艰难。在《战狼 2》里，第一次较量是主人公偷袭医院，救陈博士，虽然场面也非常危险，但是主人公占据主动权，所以占了上风。而在第二次较量的时候是雇佣兵来偷袭，相对于主人公，雇佣兵是有备而来，所以主人公面对的危险就比第一次高。第三次则是雇佣兵已经控制了华资工厂，还埋下伏兵等着主人公自投罗网，并且派来的人也比第二次多，主人公处境更加危险。第四次则敌人全军出动了，开着坦克等重武器，他们的目的已经不再是小女孩，而是主人公的命。

我们可以看到这四次的较量不断地升级，主人公面对的敌人也在升级。这个特点正好符合我们在第一章里分析的《白雪公主和七个小矮人》主人公难题设计的规则。

当然，你可能会说《西游记》作为畅销数百年的经典名著，它里面的较量就没有遵循以上两个原则。

确实,《红楼梦》《水浒传》等一大批经典名著也并没有遵循这个原则。但是，这些作品都是经典，而经典是没有办法去总结规律的。我们阅读了这本书，学习了其他课程，再写出一个《战狼 2》、再写出一个《琅琊榜》是可以的，但是要说再写出一个《红楼梦》《水浒传》《西游记》，基本上不太可能。

我的意思是说，我们这套方法更适合于通俗小说，而经典百年难得一见，并不是能够教授出来的。

讲完了第二段，我们现在来讲第一段。

第一段其实就是起因，实际上就是交代理由：主人公和敌人生死搏斗的理由。冷锋为什么要跟雇佣兵生死搏斗？梅长苏为什么要跟对手们博弈?

如果第一段给的理由不够充分的话，整个故事都会特别虚假，就像是没有打好地基的建筑，最后的结果就是分崩离析。

在《琅琊榜》中，梅长苏要为赤焰军复仇的理由是赤焰军当年被冤枉，导致全军覆没，主人公的很多兄弟、部下以及父母都在那一场冤案中丧命。他身负太多血债，所以要复仇，要为赤焰军平反，这个理由很充分。

在《战狼 2》中，主人公的老婆在执行任务的时候被雇佣兵残忍杀害，让他每每想起痛不堪言，所以他要为老婆报仇，这个理由也足够充分。

那假如，以上两个故事当中，我们换个理由会怎么样?

因为敌人吃掉了梅长苏的一匹马，所以梅长苏建立了江左盟，就是为这匹马复仇；雇佣兵抢走了冷锋的衣服，所以冷锋要满世界找雇佣兵复仇……

这样的理由是不是一点说服力都没有？没错，这样的理由是支撑不起他们进入第二个阶段的！

所以设计第一段必须是主人公的人生发生了某种意外，导致主人公必须进入第二段跟敌人生死搏斗。

在《琅琊榜》中的意外是赤焰军被陷害导致全军覆没；《战狼 2》中的意外是主人公的老婆被雇佣兵杀害了。

这里我们所说的意外并不是特指“生死”，可以是任何打破主人公生活轨迹的插曲。比如在电视剧《我的前半生》里，主人公罗子君的意外就是发现老公出轨了，而这个意外迫使主人公下定决心要进入第二段跟“敌人”进行生死搏斗（敌人：前夫、破坏她婚姻的小三）。

第三段就是结果，在主人公和敌人之间进行了多次较量之后，得要有个结果。因为之前的每次较量都没有分出最后的结果，所以最后主人公要与敌人进行一次生死决斗。

在《战狼 2》中，最后冷锋和雇佣兵的头目两个人进行了正面对抗。这次对抗的双方都是对方的杀妻仇人，必须是你死我活的斗争。在《琅琊榜》中，最后的决斗就是梅长苏与萧景琰逼迫皇帝重审赤焰军的冤案，如果失败的话，前面的所有努力都会付诸东流，如果成功，那么他也就胜利了。

以上就是一个小说 / 剧本的分段方法以及每段的作用及功能。

现在，你可以给自己的小说 / 剧本分一下段，然后思考一下自己的小说 / 剧本当中是否具备这些东西。

3. 重点构建第二段的内容

第二段是小说 / 剧本的主要内容，也是我们要重点构思的内容。在上一节中我们讲了：第二段是主人公和敌人多次生死较量的过程。实际上第二段也就是作者借用反面人物的手来“阻止”主人公达到目的。作为作者我们必须对自己的主人公狠心，让他经历各种各样的磨难，最后再给他凤凰涅槃的蜕变。

第一步：找到主人公的敌人。

我们要大致确定主人公的敌人。前面也讲过主人公的敌人不一定是人，可能是地震、火灾、洪灾、雷电，也可能是猛兽、妖怪……只要是跟主人公对立的、阻止主人公达到目的的就是反派。

《西游记》中主人公的主要敌人是妖怪；《唐山大地震》中主人公的敌人是灾难；《流浪地球》中主人公的敌人也是灾难；《盗墓笔记》中主人公的敌人就是各种各样的机关、暗器等。

第二步：给主人公设计几个生死关卡。

知道了主人公的敌人，那么我们就要给主人公和他的敌人来安排较量了。也就是给主人公设计一次又一次的关卡，让他依次闯过这些险象环生的关卡，当他最终安全达到目的了，那么也就意味着主人公成功了，故事也就结束了。

为了方便大家理解，我们用《三国演义》中过五关斩六将的桥段为例讲解。

关羽得知刘备在袁绍那里，于是决定辞别曹操，去找刘备。但是我们知道，曹操好不容易得到了关羽这么个人才，怎么会轻易放他离开呢？况且，关羽去的还是曹操的死敌袁绍那里。

所以，关羽要去找刘备，他遇到的第一个难题是如何让曹操放自己走。

关羽去找曹操辞行，曹操假装不在，并不见关羽，于是关羽给曹操留了一封信，就带着刘备的两个老婆离开了。结果出城没走多远，曹操带着十几个人追了出来，关羽以为曹操是来捉他回去的，心下警惕，结果曹操是来送行的。于是，关羽的第一关就过了。

辞别曹操之后，关羽遇到了第二关：东岭关。东岭关守将孔秀带兵堵住了关羽的去路，孔秀被关羽斩了。

过东岭关后，关羽来到了第三关：洛阳。洛阳守将韩福、孟坦两个人已经设好了陷阱等着关羽，结果也被关羽斩掉了。

第四关：汜水关。汜水关的汴喜比前面几个人要有计谋，他把关羽骗到了镇国寺，在那里埋伏了刀斧手。结果寺庙里的和尚救了关羽一命，汴喜也被关羽斩了。

第五关：荥阳关。荥阳关王植比前面汴喜更毒，他把关羽骗到驿站中，半夜派班胡去放火。班胡想看看关羽长什么样子，跑进驿站，结果关羽正好捎来了班胡父亲的信。班胡为报恩，放走了关羽。关羽逃出城不久，王植就带兵追来，经过一番搏斗，王植也被关羽斩杀。

第六关：黄河渡口。关羽来到了黄河渡口，夏侯惇的部将秦琪不给关羽船只。没有船只，关羽就不能渡河，于是他跟秦琪搏斗，最后把秦琪给斩了，乘船过了黄河渡口。

第七关：夏侯惇拦路。关羽过五关斩了六将，遇到了孙乾，告知了刘备的消息，正准备去找刘备，结果夏侯惇带了三百兵马追来。我们知道夏侯惇的实力是比较强悍的，并且他还带了三百兵马。这次关羽的处境是比较危险的，结果曹操派人来给关羽送过路文书来了，到此，关羽的第七关也过了。

我们设计第二段的时候可以对照过五关斩六将，给我们的主人公设计五个以上的关卡。让主人公去一关一关地过，过完了，故事也就结束了。但是我们需要注意的是，我们给主人公设计的这些关卡必须是以主人公当下的实力来说根本无法通过的关卡，而且这些个关卡要一个比一个大，一个比一个难，甚至每一次通过关卡的时候都要以“死亡”作为赌注。

在电视剧《琅琊榜》里，梅长苏要为赤焰军报仇，他的敌人有三个：第一个是太子，第二个是誉王，第三个是皇帝。所以梅长苏复仇的过程其实就是跟这三个人生死智斗的过程。

梅长苏需要一个一个地打败他们，但是打败这些人，要从他们身边的帮手开始。

太子的心腹是谢玉等人，所以要打败太子，就要先把太子身边的人一个个打败。誉王则有秦般弱、夏江等人，那么打败他也得先打败这些人。所以在《琅琊榜》里，主人公遇到的难题其实就是一个个的人。

在电影《流浪地球》当中，作者给主人公设计的第一次关卡是：经过上海地下峡谷的时候遇到地震。第二次关卡是：如何逃离那幢危险的大楼？第三次关卡是：必须在规定的时间内到达苏拉威西！第四次关卡是：如何点燃木星，推开地球？

主人公只需要通过以上四个关卡，胜利的曙光也就可以看见了。所以这个步骤，我们就是要给主人公设计几个关卡。

第三步：帮助主人公找到通过关卡的办法。

人生是不断地遇到问题、解决问题的过程，故事里的主人公也是如此。

在上一个小节，我们说要给主人公设计几个关卡，也就是阻碍主人公达到目的的障碍。

在这一节里，我们就给主人公制订一个成功闯过每一个关卡的办法。当我们有了具体闯过每一个关卡的办法时，那么故事大概的雏形、轮廓也就有了。

闯过具体关卡的方法是什么呢？

是《琅琊榜》里梅长苏打败太子、誉王等人的办法；是《战狼2》里冷锋从医院里救出小女孩的办法；是《花千骨》里花千骨成功通过长留考核的办法。

说得通俗点，就是做某件事情的计划。为了让梅长苏扳倒太子，作者要给梅长苏制订一套计划；为了救出陈博士的女儿，要给冷锋制订一套计划。

看了上面的内容，我们不难得出一个公式：问题 + 解决问题的方法 = 故事情节。

所以设计难题、找到解决问题方法的过程其实就是设计故事情节的过程。我们知道，故事情节需要跌宕起伏，那什么样的故事情节是跌宕起伏的？“跌宕起伏”具体又是什么意思呢？

我们可以想象，一辆马车行走在凹凸不平的马路上，车轮一会儿陷进泥潭，一会儿拉出来，这就会使得马车“跌宕起伏”。

同理，在我们的小说 / 剧本里面，主人公一会儿遇到一个麻烦，一会儿又从这个麻烦里面脱身，这就达到了跌宕起伏的效果。所以，跌宕起伏的故事情节实际上就是主人公遇到难题、解决难题的过程。

当我们有了若干个关卡之后，需要主人公闯过这些关卡，但是不能一下子就闯过去，要遵循“一波三折”的原则。

一波是指一个关卡，三折是指事件的逆转。

为了方便大家理解，我来编一个故事，作为案例。

假设现在我们写的是部武侠小说，主人公是白云城武林世家欧阳家的公子。

虽然是武林世家的后代，但他从小就是个纨绔子弟，吃喝嫖赌样样在行，唯独就是不爱习武。

然而，这天夜里发生了一件大事。他父亲得罪了白云城城主，城主连夜派人将他家一百零八口人全部屠杀。

父亲用命掩护他逃了出去，并嘱咐他，要到西域拜一个叫摩可陀延的大师，学成武功回来报仇。

到这里的时候，主人公的行动路线就有了——去西域拜摩可陀延大师学武功，回来复仇。

白云城城主知道主人公已经逃走，为了将主人公拿获斩草除根，已经对白云城进行重兵把手，对出城的人严加盘查。

在这一关里，主人公最终肯定是要出城的，但是这个过程我们要设计得一波三折。

第二天早上，主人公来到城门口，见重兵把守，并且士兵拿着他的画像一一查问。

主人公自知无法出城，于是只能暂时回去，另想办法。

而此时，城内风声鹤唳，到处都是搜捕他的人。他必须要想办法尽快逃出城去，否则命在旦夕。

这个时候，故事的紧迫感、悬念也就来了。

主人公情急之下想到了一个办法，把自己易容成女人出城。

主人公化了女人的妆容，穿上了女人的服饰，来到了城门口。这个时候气氛紧张起来，因为主人公一旦被抓到，就可能没命。

士兵拿着画像，跟主人公对比之后，并未将他认出来。主人公很庆幸，并大步离开，故事到这里算是一个逆转。

然而就在主人公马上走出城门口的时候，身后一个士兵看出了端倪，并让主人公站住。

主人公知道，自己已经露出了破绽，于是拼命向城外跑去。

然而后面的追兵骑着马，主人公根本跑不过他们。

没过多久，主人公就被抓住了，并被扔进了大牢，主人公现在已经陷入了生死绝境。

这个时候，大牢的一个士兵前来逼迫主人公，让他说出家里财产的藏匿地点。

主人公知道自己逃不过这劫，誓死不说。结果，那个士兵将他拖到一个角落里暴打了一顿，并暗示他有可以出城的洞穴。

果然，角落有一个洞穴。而那个士兵则是当年受过他父亲恩惠的人，是专门来帮助他的。

等这个士兵走了之后，主人公便从这个洞钻了出去，逃出了城。这是第二个逆转。

我们来看看，主人公在过这个关卡的时候：城门口重兵把手（糟糕）→主人公化妆成女人成功过关（高兴）→主人公被抓住等待问斩（糟糕）→主人公发现洞穴，成功逃出城（高兴）。

这里有两次逆转，可以说是做到了一波三折。所以，我们的人物在渡过关卡的时候也要设计得一波三折，至少要有两次逆转，这样，我们的故事情节才会达到跌宕起伏的效果。

再者，在设计人物渡过关卡的时候，我们会慢慢地得到故事里的其他人物。因为在前面，我们几乎只有一个主要人物，但是一部小说肯定不止一个人物，还要有他的朋友、他的敌人。这些朋友从哪里来，敌人又从哪里来？其实就是从过关卡的时候而来的。

在主人公闯过一个又一个关卡的时候，帮助主人公的就是主人公的朋友，阻碍主人公的就是主人公的敌人。

在《琅琊榜》里作者就给萧景琰登上太子之位设计了两个对手，第一个是太子、第二个是誉王。于是这个剧中两个大反派也就出现了。

梅长苏要打败这两个对手，也不能很容易就得手，这两个反派得有帮手，于是其他配角，比如谢玉、秦般弱等这些人物就出现了。

同样，主角要去执行这个计划，一个人肯定不行，他也得有帮手，于是其他配角就出现了。这个故事的大概雏形和大致需要的人物也就出现了。

所以，一个故事在构思时，不一定先构思人物，也可以是先构思故事、故事的计划。等有了故事的计划，执行计划的人和阻碍计划的人就出现了，人物也就有了。

如果你不知道故事的计划，或者你的计划太过平庸的时候，就要给你的主人公设置难题，并且难题要一个比一个大，这样一来你的主人公为了解决难题就会做很多事情，于是故事情节也就越来越丰满了。

这就是第二段构思的方法和步骤流程。在这一步骤里，我们会大致得到一个故事的主线以及故事里出现的人物。

当然现在出现的这些人物还不一定是我们最后动笔时的那些人物。经过后面的构思，我们可能还会得到更多的新人物。

4．第一段和第三段的构建

这一节，我们来讲第一段和第三段的构思，也就是起因和结果。

在前面我们讲过，第一段的主要内容就是交代主人公为什么要执行这个任务。如：交代玄奘为什么要去取经？梅长苏为什么一定要给赤焰军报仇？罗子君为什么要工作？……也就是给出主人公做事情的动机。如果这个动机不够充分的话，故事也就成了空中楼阁，早晚会坍塌。

所以主人公为什么要跟敌人生死搏斗，就成了我们迫切需要解决的问题。

当然，第一段除了是故事的动机以外，还是故事的开头。

在每一个故事的开头，我们一定要让主人公的生活发生意外，在《琅琊榜》中，意外就是赤焰军被陷害而全军覆没；在《战狼 2》中，意外就是主人公的老婆被杀死；在《我的前半生》中，意外就是主人公的老公出轨了。

因为主人公的生活发生意外，扰乱了他本来安静和平的生活，让主人公不得不作出应对的措施，而这个应对的措施就是故事的第二段——跟敌人生死搏斗。

比如主人公的父母被朝中对手陷害致死，导致主人公不得不复仇。所以，在第一段中，我们要找到故事的变化点，其实也就是故事的起因。但是并不是有一个起因就够了，主人公还需要一个对这个意外作出反应的过程。

因为第二段是生死搏斗的过程，主人公作为一个热爱生活、积极善良的人，除非逼不得已他不会跟敌人生死搏斗。所以在第一段中，我们要找到一个事件，让主人公下定决心，或者不得不进入第二段。

在《战狼 2》中，因为主人公的老婆被杀死了，这个事件的动机是很充分的，他只需要得到雇佣兵的线索就一定会报仇，他进入第二段跟雇佣兵生死搏斗的契机事件是他得到了雇佣兵的线索。

但是，如果我们换一个故事，同样是票房超高的国产电影《流浪地球》，主人公刘启跟对手的生死搏斗并不是他自己的选择，而是逼不得已，因为他外公的车被救援队征用了。在这个故事里主人公进入第二段的契机事件就是外公的装载车被救援队征用。

在《战狼 2》中，主人公是主动选择进入第二段的，而在《流浪地球》中，主人公是被迫选择进入第二段的。这是两种不同类型的故事。主人公不管以什么样的方式进入第二段，总之理由足够充分就可以。

但是一般情况下具有正能量的人物我们是希望他主动的。比如一个警察抓坏人，我们希望他是主动去抓坏人，而不是被迫；一位军人英勇抗敌，我们也希望他是主动的，而不是被迫；主人公要为他的父母报仇是主动的，而非被迫。当然具体的还需要作者根据自己故事里主人公的性格来定。如果你的主人公出场的时候就是一个英雄形象，那他进入第二段就是主动的。比如一个冒险家是主动去航海的。

如果我们的人物是个小人物，我们要写的是一个小人物成为英雄的故事，那么这个人物就是被动地进入第二段了。

除此之外，在第一段的内容中，有一个非常重要的点就是让读者喜欢上我们的人物。如果读者不够喜欢我们的人物，那么无论情节多么跌宕起伏，这个作品都是失败的。

在《战狼 2》第一段中，编剧总共用了三场戏让观众喜欢上了主人公。第一场戏是电影刚刚开始的时候，一艘货船行驶在江面上，一群海盗蜂拥而至，疯狂地朝船上射击，这个时候有一个人跳入海中跟海盗搏斗，三下五除二就把海盗给制服了，这个人就是主人公冷锋。这场戏表现出了主人公的勇敢以及他硬汉的性格。

第二场戏是主人公带着他战友的骨灰回家，正好遇到了强拆队要强行拆掉战友的家，强拆对开着挖掘机不顾战友家人的死活，就要往下挖，面对孤儿寡母的战友家人，主人公和他的几个战友把强拆队的人都打趴在地上，强拆队队长掏出枪，对着主人公的眉心，主人公丝毫不畏惧一把把枪夺过来，这个时候警察来了。而强拆队队长凑在主人公的耳边威胁说：等你走了，我照样弄死他们。于是主人公一脚踢死了强拆队队长。

穷凶极恶的强拆队队长是我们讨厌的，主人公为战友痛揍了他们，赢得了观众的赞赏和支持。这种正义感是让人佩服、欣赏的。所以这两场戏，主人公的形象和性格就已经定下来了，观众很快就喜欢上了主人公。

第三场戏是在非洲的码头上，熙熙攘攘的人群中，很多黑人在热情地跟主人公打招呼，一个黑人小男孩叫他干爹，可以看得出来主人公的人缘之好，一下子就把观众和主人公之间的距离拉近了。

以上就是第一段，第一段的构建我们需要牢记三点。

第一点，找到故事的变化，也就是主人公发生的意外；

第二点，找到主人公进入第二阶段的契机事件；

第三点，在主人公发生意外、变化等这些过场中让观众喜欢上主人公。

具体什么样的人物是读者喜欢的人物，这是我们下一个章节要讲的内容。

在掌握了第一段的构建之后，现在来看第三段的构建。

第三段是主人和敌人进行最后决斗的阶段，在这个环节中，我们只需要确定一点，决斗的场景中主人公遇到的难题肯定是比之前的都要大，并且这个决斗一定要有个结果。

当然这个结果不一定是分出胜负，但是一定要把主人公和敌人之间的所有恩怨了结。到这里的时候一个故事的构思也就初步完成了。

但这并不是说我们就可以动笔写作了。我们还需要将构思（大纲）记录下来。

为什么要写下来呢？一是害怕自己会忘记，好记性不如烂笔头；二是在写下来的过程中，我们可能还会发现整个故事构思的问题，随时发现问题随时修正。

那么如何写呢？一般情况都是随着作者自己的意愿，有的人可能会画一张地图，在上面标明主人公的行动路线和主要情节；有的人会用思维导图，也有的人会用概括性的语言来描述故事的情节。

至于用哪一种，全凭作者自己的喜好和感觉，作者觉得什么样的方式适合自己，那就用什么样的方式。

等写完故事大纲之后，再给我们的故事中出现的每个人物写一个人物小传，再根据具体人物小传来修改故事大纲。人物小传的写作方法我们可以翻到第四章来仔细阅读。

人物小传写完，对故事大纲也进行了修改，觉得一切构思好了之后，找到小说的切入点，也就是小说的开头，然后就可以动笔创作了。

第四章

小说写作，如何写出活灵活现的人物

1．为什么要讲人物，你会学到哪些

这个章节我们来讲人物小传的创作方法。而作为本次系列课程的第一小节，有两个重要的问题：

第一个：人物小传是什么，人物小传的作用是什么？

第二个：人物小传包含哪些要素？

通过这个章节的学习，我们不仅可以学习到完整的人物形象设计、撰写人物小传的方法，还会学习到小说写作中如何去展示人物的方法。

现在我们先来讲第一个问题：人物小传是什么？

人物小传就是人物的一个详细介绍，这个介绍越详细，对我们的小说写作帮助就越大，所以人物小传写作的过程其实也就是人物形象塑造的过程。我们塑造了一个人物的形象，人物的小传也就有了。换句话说，人物小传撰写的过程其实也是塑造人物形象的过程。

那人物小传的作用是什么？

第一个作用：帮助作者了解人物。

很多时候，作者在动笔写作时，并未完全了解自己故事里的人物；不够了解人物的性格，甚至连人物具有哪些能力都不清楚。小说 / 剧本写作，其实就是一步一步地向读者展示人物的过程，如果我们连自己故事里的人物长什么样子、有哪些特长、具有哪些性格特点都不知道的话，那又怎么能向读者清楚地展示呢？甚至严重的时候，人物小传的缺失或者不详细会直接导致作品的夭折。比如：故事写到三万字的时候不知情节该如何发展了，不知人物该如何出场了，突然就卡住了，举步维艰。停了一段时间，再打开故事可能就会产生挫败感，最后索性就不写了；或者写到三万字的时候发现自己的人物是混乱的，情节也有漏洞，就对故事接下来的撰写没信心了。

再比如，因为在写作的时候对自己故事里人物的性格不了解，所以随便给人物安排情节，把周瑜的台词给了张飞，把过五关斩六将安排给了诸葛亮……那这个小说 / 剧本就没法看了。

当我们足够了解我们故事里的人物时，我们就知道他会说什么话、会做什么事，就像了解我们身边的朋友一样。了解了他之后，我们就可以给他安排适合他的出场方式、适合他的台词。

第二个作用：塑造出性格鲜明的人物。

不写人物小传导致的一个非常严重的问题就是：人物的性格重合，人物变成一个模糊的概念。虽然作家们极力地在性别、职业、名字、外貌等上面给他们作区别，但是在性格上却没有明显的区别，他们的表达方式、做事风格很接近，甚至如同一人。

我们写小说其实就是尽可能地塑造出不同的人物形象，让每一个人物都具有自己独特的形象性格。为什么呢？因为没有读者会愿意看一群普通得跟他生活中的人一模一样的人的故事；并且只有不同性格的人在一起的时候才会产生分歧，发生矛盾，从而形成故事。

我们经常讲物以类聚、人以群分，相同性格的人是很难产生故事的。比如一对夫妻，两个人都非常邋遢，并且他们都对这种邋遢的生活非常享受，不会产生任何冲突，那怎么产生故事呢？

但是如果这对夫妻当中男人是一个非常爱干净的洁癖男，洁癖到地板上有点灰尘都要用抹布给抹掉，而女人邋遢到半月不洗内衣的地步，那这对夫妻的戏就有的看了。洁癖男每天都会很崩溃，邋遢女也会很痛苦，他们每天都会为做家务、整理房间的事情吵架。

两个人之所以成为敌人、会发生矛盾、产生冲突，是因为他们观念的不同而导致的。这种观念可以是价值观、金钱观、爱情观、亲情观，或者是其他任何一种观点。我们不妨想想，古代的忠臣和奸臣为什么会成为对手？其实就是因为价值观不同。

当然，奸臣和奸臣也有可能因为利益而变成对手。忠臣和忠臣之间也有可能会因为对某件事情的看法不同而变成对手，比如宋朝的王安石和欧阳修、苏轼等人。

我们非常清楚地了解自己故事里的每一个人物，才能将他们区别开来，才能确保他们之间的各不相同，从而确保任何两个人在一起都能产生故事。

第三个作用：检查我们的故事大纲。

在写作故事大纲的时候，如果我们对自己的人物不够了解的话，可能就会存在各种各样的漏洞。正如前面所说的，会把诸葛亮的台词给张飞，把过五关斩六将安排给诸葛亮。

我曾经看过一个抗日剧，故事里的主人公是一个非常聪明的人，在之前的每一场战斗中都能够凭借自己的聪明战胜敌人。而有一次他带着一个女同志一起去炸日军的军火库，潜入军火库之后，女同志去吸引日军的注意力，他自己则负责引爆炸药包。女同志下去跟敌人搏斗了没多久便牺牲了。这个之前还信誓旦旦地说要不顾一切代价炸掉日军军火库的男同志，没有拉开炸药包的引线，而是抱着炸药包跑下去跟敌人搏斗去了，导致军火库没炸，自己负重伤，在临死的时候，用最后一口气爬向炸药包，企图拉引线，可为时已晚，日军向他连开了几枪。

看到这里我就很奇怪了，本来目的就是要炸军火库，在日军还没发现他的时候他有大把的时间拉引线，他为何非要下去跟敌人搏斗呢？一拉引线，军火库一炸，所有日军都会被炸死，为何还要多此一举？这不符合主人公的性格特点。

更神的还在后面，这个时候外面又冲进来一位同志，徒手跟日军搏斗，这些手里有枪的日军居然也要跟他徒手搏斗送人头，这位同志把日军打趴在地上，有大好的机会拉引线，可他却要跟日军搏斗，最后被一个日本士兵一枪给打倒了，等倒地之后，才想着去拉引线……

为什么会出现这样匪夷所思的情况？这其实就是编剧不够严谨，他并没有认真地根据每个人物的性格特点去给他安排情节，三个人物都一模一样，没有任何区别。小说/剧本中，要塑造人物的蠢，也不能一样蠢，蠢也要蠢得各有特色！明明有大好的机会拉引线，却非要等到敌人把他打倒之后再去拉。同时也说明这个故事的逻辑是存在问题的，不是在推着人物往前走。

如果这个编剧好好写人物小传，知道他的人物是一个笨蛋，还是一个聪明人，估计也就不会出现这么大的漏洞而导致故事的后续坍塌。如果前面的一男一女成功引爆军火库，那么外面的那位同志便不会进来就牺牲了，如果他没有牺牲，那么故事情节可能也就不是这么发展了。

所以，当我们写好了人物小传，了解了故事里的人物之后，我们自然就会发现故事大纲中不符合人物性格的地方，从而也就发现了故事大纲的漏洞。我们每写一个人物小传，都是对故事大纲的一次检查，写两个就是对故事大纲的两次检查，当我们写完了小说中主要的七八个人物后，也就对我们的故事大纲进行了七八次的检查。做了七八次检查的故事大纲一般也就不会存在什么大的漏洞了，写出来也就通常不会出现什么问题，即使存在问题，那也是小问题，稍加调整就可以。

这是人物小传的三种作用。

下面我们来讲人物小传所要包含的要素。

第一个要素是故事人物的性格，比如搞笑的、内向的、懦弱的、聪明的、智谋的、刚烈的、憨厚的等这些大类的、比较直观的性格特点，我们称为人物的核心性格。

《琅琊榜》中梅长苏的核心性格是智谋型的，城府极深；而《战狼 2》中冷锋则是英雄汉子的形象。

第二个要素是人物的性别、工作、身体状况等，因为这些都会影响人物的性格和处理事情的方式。比如一个腿脚不便的人一般不会选择去盗窃，一个口齿不清的人不会选择当相声演员。当然，你如果要写一个口齿不清的人非要当相声演员也可以，前提是这个人物要有其能达到目的更好的优势。

第三个要素是人物的家庭背景、受教育情况，这一切对人物的影响不用我说大家也都明白。

第四个要素是曾经发生在人物身上的重大事件，当然这也是人物的背景，还有人物讨人喜欢的地方以及让人不喜欢的地方，甚至周围人对这个人物的评价等。

这些都是人物小传包含的要素。接下来，我们将用三个小节来跟大家分析以上四个人物小传的要素，最后再用一节来讲解具体的小说写作中人物的展示方法。

2．如何得到人物的核心性格

在过去当编辑的时候，读到很多新人作家的稿件，他们的问题大多在于人物。他们并不知道怎样让一个人物具有鲜明的性格特点。这使得他们的小说里面几乎所有的人物都雷同，人物缺少变化和新意。

虽然他们在介绍人物的时候已经明确地告诉了读者，这个人物叫什么、年龄多大、长相好看不好看以及他们穿衣打扮的风格。但是这些人物处理事情的方式、说话的风格甚至思考问题的方式却一模一样。

在他们的作品中，一个乞丐的思想和一个高级白领的思想好像没有什么明显的区别。我问他们：为什么他们的行事风格，思维模式都一模一样？于是这些作者将文稿进行了一番修改，他们把这些人物在面对一些事情的处理方法上做了区分。

比如说话的语气、对政治的看法、对老婆的态度等。

这样一来，好像所有人又变成独立于其他人的人，他们在行动上、思想上都是不同的，而且相互无法产生交集，或者很牵强地去发生联系。这样的修改使得他们的作品不但没有变好，反而更差了。

为什么呢？因为作者为了区别而区别，他们为了让各个人物的行动、台词、想法、思维模式跟其他人不一样而牵强地改变这些人。

因为这些人的行动、台词、思维模式缺少核心的性格做支撑，所以他们就变得像一个精神分裂症患者。比如一个人物行动上温文尔雅，谦谦君子，一副书生模样，说话却是满嘴的粗话，像个土匪，思维模式却像是一个农民。

因为他们缺少核心的性格做支撑，所以这些人物呈现出来感觉就极其分裂，各个方面的表现极不协调。

所以，想让人物在各个方面都区别于其他人，又合情合理、不失真，那就得找到人物的核心性格。如果一个人物没有他的核心性格做支撑的话，就像是车没有刹车，就会到处乱撞，不受控制。

人物讲话、做事应该以核心性格为考量标准。盗窃符不符合这个人物的核心性格？碰瓷符不符合他的核心性格？见义勇为符不符合他的核心性格？

没有找到人物的核心性格，那么所有的人物都一个样子。在小说家看来，一个在部队服役二十年的职业军人跟从商二十年的人是不一样的，不仅是外貌气质不同，说话的语气语调不同，内在的逻辑、气质也是不同的。

没有找到真正属于人物的核心性格，再多的外在装饰也无法掩饰人物的空洞。如同身穿华服的假模特，脱下衣服后，只剩下空壳，再换上另一套衣服，也仍然只是个衣服架子，没有灵魂。

所以创造人物的第一步就是选择一种核心性格。

那么，我们如何设计人物的核心性格呢？

很多作家都有自己的人物核心性格的设计方法，可谓是八仙过海各显神通。在这里我给大家介绍一种比较简单实用的方法——九型人格分析法。当然，大家也可以自己认真总结出更好的方法。

九型人格分析法，它是近些年来倍受美国斯坦福大学等国际著名大学 MBA 学员推崇的一种方法，全球 500 强企业的管理阶层大部分都在研究九型人格，并以此培训员工，按照不同的性格把他们安排到不同的岗位。九型人格把人分成九种不同的性格类型，有完美型、助人型、成就型、自我型、理智型、疑惑型、活跃型、领袖型、和平型，很精细地分析了每一种性格类型的欲望和恐惧点，以及他们基本的和主要的特征、生活风格、人际关系处理的方式，甚至还分析了在人际关系中人们是否会相互嫉妒、攀比等，非常具体。

这些不同人的性格没有好坏之分，都有其自身的性格缺陷，都可能做出坏事，都可能伤害别人，也可能去帮助别人。每一种性格的人也可以把自身性格中的某个部分发挥到极致。比如说自信，如果自信到极致，那可能就会变成自恋、自负，甚至是顽固、刚愎自用。再比如说谦虚，谦虚到了一定的程度就成了自卑，而太自卑就容易觉得自我价值感低。

我们可以到网上去查找九型人格的图示，对照着看一下这九种不同性格类型大概的描述。然后在我们脑海里想象一下我们故事里的人物，看看这九种不同的性格描述中，哪一种性格最适合你故事里人物的性格，不一定很像，只需要比其他八种更像即可。

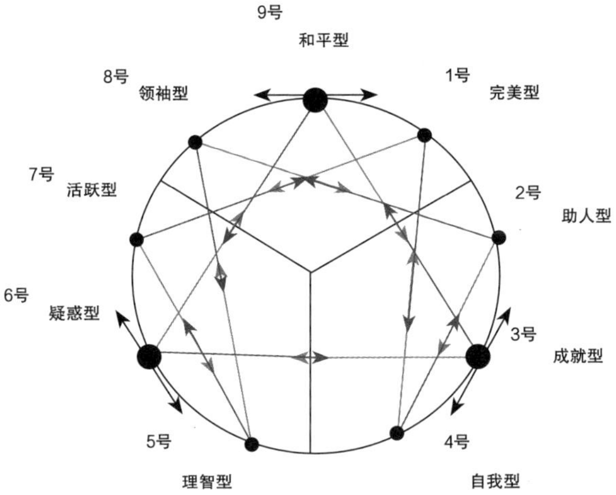

九型人格示意图

找到最接近自己故事里的人物的性格后，接着就可以深入查找阅读这个类型的具体特征。比如我们选的是助人型的，助人型的欲望特征是：贡献自己、乐于助人；基本恐惧点是：我不帮助他人，没有人会爱我；主要特质：温和友善、不直接表达需求、婉转含蓄、老好先生 / 女士、慷慨大方、乐善好施……这样一项一项地阅读下去。

一边读一边思考：我的人物是不是这样的，这个符不符合我故事里人物的性格？如果发现某一项不符合你的人物，就要标记出来，想一想你的人物该是什么样子，然后自己填写上。比如温和友善好像不符合我们故事里人物的性格，我们的人物应该是立场坚定、独立意识极强的等。

当然，你也可能觉得所有这些都不符合你的人物特征，那就把你认为的所有特征都自己填上。这样，人物的性格轮廓将会越来越清晰，等我们把每一个小的特点都阅读完、修改完，我们的人物的核心性格也就形成了。

但并不是确定好人物类型就可以了，为了准确起见，我们要再把为这个人物建立起来的性格图谱重新阅读一遍，重新在脑海里面过一遍，检查一下这样的人物特点是不是我们想要的。

同时也开始做一下笔记，从人物的所有具体性格特征中，看看哪一些性格特征是可以让我们自己与人物产生共鸣的，哪些是自己特别讨厌的。

这种性格的人在公开场合如何表现，他 / 她渴望什么，希望他人如何看待他 / 她，他 / 她看重什么，和什么性格类型的人相处融洽，什么人又最能激怒他 / 她，事业的追求是什么，在家庭关系中他 / 她会成为一个什么样的丈夫 / 妻子和父亲 / 母亲。

我们要尽可能地记录这些性格特点和行为表现的细节，这些都可能会在小说中发挥作用。也许不会全都用上，但是它们能逐渐拼凑出关于这个人物的完整轮廓。

就好像我们构建了一个人物的数据库，随着写作的进行，你可以随时从中调取所需要的东西。一旦偏离了这个人物的核心性格，你可以再翻开这些笔记来看看，看看你最初对这个人物的设计，重新把他 / 她找回来。

用这个方法塑造人物，不仅能够保证我们得到一个完整人物的核心性格，也能保证我们的每一个人物各不相同。

在此，我再次强调一下，我们学习塑造人物是以找到人物的核心性格为起点的。在没有确定人物的核心性格之前，先不要进行下一步。我们可以把塑造人物形象当作一个工业产品的生产流程，一个产品在制造流程中，少了任何一个环节都会导致产品的失败。

当确定了人物的核心性格之后，我们就可以开始进行对人物的生理属性和自然属性的探讨。

为什么要研究生理属性呢？我们在前面讲过，影响一个人整体形象的不仅仅是他的核心性格特点，还包括他的生理属性、自然属性以及生长环境。

要塑造出一个独一无二的、活灵活现的人物，了解他的自然属性和生理属性是必须的。因为人物的成长经历、性格特点、长相特点、经济能力等都是人物形象的重要组成部分。

3. 了解人物的生理属性与自然属性

本小节的内容我们分成两点来讲，第一点：为什么要讲生理属性和自然属性；第二点：如何去为人物设计生理属性和自然属性。

我们为什么要讲生理属性和自然属性呢？我们知道无论是性别、种族、年龄、身高，还是原生家庭的受教育情况，都会影响人物后天的性格，会影响人物的社会境遇等。

其实生理属性和自然属性就是我们要把人物这一生可能会影响到他的自身因素全部列举出来，这样我们就能得到一个人物的数据库，构思故事或动笔写作的时候，我们才会有足够的素材。

当然，并不是这个数据库里面的所有数据我们都会用到，但是，有了这个数据库会事半功倍。

比如人物的身高体型，刚开始时我们并不知道它会不会用到，但是要知道，保不准写到某个环节的时候我们就需要描述他的身高体型了。

比如你写的是一个武侠小说，故事里主人公武功天下第一，刚开始的时候你觉得主人公的身高对故事没有影响，所以你并没有在意。但是当你写到主人公追着一个坏人跑进一个很窄的山洞，这个时候主人公的身高体型就很重要了。

如果主人公高大威猛，那么他在山洞里可能会行动不便，甚至连山洞都进不去。如果主人公身材修长，在山洞里行动自如，最后就容易抓到坏人。

仅仅一个身高体型的因素就影响了故事情节的发展。所以，在动笔之前我们很难知道某个人物的某个属性在后续的写作中会不会用到。因此，我们得准备好，明确知道每个人物的各个特点。

除此以外，人物的这些信息对我们写作也会有启发。假设我们写一个言情小说，写到女孩子带着男朋友回家去见父母，你觉得这个地方应该设计成让父母反对一下。然后你发现市面上小说或剧本中父母反对的理由很多是没钱、没文化、油腔滑调等，这些已经被别人用烂了的理由。

但是如果你有一个人物的数据库，你翻一翻，看看你的人物的这些信息中哪个特点最合适成为父母反对的理由，比如他们的家庭、学历。比如：他们当中一个人出生在书香门第家庭，家里学历最低的都是硕士，所以他们家对学历低的人有偏见，而正好其中一个人只有高中学历。

除了学历差异外，地域差异也是如此。一名北京男生和一名广东女生谈恋爱，假设女孩父母不会说普通话，那么在面见父母的时候可能会因为语言不通而造成一系列的误会，甚至会成为父母反对他们结婚的理由。这个理由比那些没钱、长得难看、患绝症要好得多，并且这种情况在现实生活中是存在的，同样在小说中也适用。

所以，搞明白人物的自然属性、生理属性，对我们构思故事是非常有帮助的，只有足够了解我们自己的人物，我们才能够针对人物设计出足够独特的难题。

能够成为所有人都认为的难题，比如患绝症要分手、太穷父母不同意、异地恋，这些其实都是千篇一律的、很老套的难题了，缺乏新意。

一个难题放在张三身上是难题，放在李四身上是难题，放在王五身上也是难题，那就不是好的构思。当然了，如果你能够写出一个更高阶的难题，那就会成为经典。就像《人民的名义》，写的就是一个反映时代发展中的难题，里面小官巨贪，大官拉帮结派。

一个好的、有深度的难题应该是放在这个人物身上是难题，但是放在另外一个人物身上就不一定是难题了。比如说用筷子，对于一个中国人来讲，用筷子夹着吃 20 个鹌鹑蛋根本不算什么挑战，然而对于用惯了刀叉的外国人来讲就真的太难了。

接下来我们来讲讲人物的属性。

人物的属性包括生理属性和自然属性。

先来讲讲生理属性。

第一步我们需要确定人物的性别，以及他 / 她的职业。比如一个女保镖、女模特、职场精英、男性间谍、全职爸爸等。

我们是作家，可以随意给故事中的人物设定性别、安排职业，包括他们在故事中的命运，但是你在做这个选择的时候一定要考虑清楚，这么选择对你的故事有什么好处，如果选择另外一种职业会不会更好？

你为什么要写一个女保镖，而不是一个男保镖？他为什么是四十岁，而不是二十岁？你在创作人物的每一个属性的时候都要问自己，为什么是这样而不是那样？

第二步是确定人物的外貌吸引力。

虽然说人不可貌相，但是小说还是要以貌取人。因为外貌是人物最直观能看到的一部分。我们可以不知道这个人的品行好坏，但是我们可以看得出来这个人长得好不好看：是一个帅哥还是一个猥琐男？是都市女神还是村里的邻家小妹？

与猥琐男相比较，人们还是更愿意帮助帅哥，而漂亮的女人也往往比不那么漂亮的女人获得的机会更多。

我在这里谈论的是客观的、生理上的吸引力，而不是她的心灵。这些都会对人物的命运产生影响。

所以我们需要尽可能详细地知道人物的外貌，包括人物的身高、体重、面部长相、是否有胎记等。他/她怎么看待自己的长相？别人又怎么评价他/她的长相？

他/她是不是弯腰驼背、脖子前倾、挺着大肚子？他/她走路的姿势、站姿、坐姿是怎样的？

他/她的发型是什么样的？染发了吗？有刘海吗？是爆炸头

还是光头？是自己选的发型还是别人推荐的？她的穿衣打扮的风格是什么样的？甚至你要考虑到这个人物为什么要做这样的造型？是他 / 她自己觉得好看还是职业的需要？

时刻记住人物的核心性格。一个内向型的人物会怎么打理他 / 她的发型？很可能他 / 她觉得弄发型太麻烦，也不想通过发型使自己太过突出。而一个活跃型的人则会尽可能地折腾发型，因为他 / 她有出入各种派对的需求。

一个女性是想把自己打造成成熟性感的女性呢，还是性冷淡风格？她这么穿，或者做这个造型的目的是什么？比如一个女杀手觉得穿紧身衣方便自己行动；一个懒惰的人觉得每天早上洗头太麻烦，于是剃了光头。

甚至你还需考虑人物的配饰，如珠宝、帽子、围巾、鞋子、手表等。比如一个月入一百万元的人，却还在用一个老旧的手机。

一个合格的人物的生理属性其实就像一份完整的人物档案，甚至比人物档案还要清晰、完整。

看完了人物的生理属性之后，我们再来看人物的自然属性。

第一个是人物的原生家庭。

我们的人物出生在什么样的家庭？是生长在多子女家庭，还是出生在单亲家庭——从小与母亲相依为命长大的？又或是超生的？还是在不被父母期待的情况下出生的？

我们的人物出生的时候父母是否已经结婚了？是成长在重组家庭中的吗？父母在他 / 她成长发育的重要阶段婚姻感情是否稳

定并和谐？家庭财产收入水平如何？是贫穷还是富有？他 / 她有没有帮助过“困难群众”？是不是曾在成长中误入歧途？是不是一直就读于好学校？原生家庭的这些问题都会影响人物的性格和三观。

比如，从小被父母暴打的孩子长大后会缺乏安全感，遇到问题也会用暴力来解决；传统家庭长大的孩子会中规中矩，大多数缺乏创造力，不敢闯荡江湖，但是过得会比较平稳。

第二个是人物的受教育情况和智商水平。

我们的人物是初中毕业还是研究生毕业？即便写的是科幻和历史小说，也要关注人物的受教育程度。

重要的不是教育等级而是教育质量，一个读了研究生却不知道知网是什么的人可能是学渣，而一个从来没有读过大学的人却掌握了微积分，那他肯定是个数学天才。

所以，要设计这个人物所受教育的程度和质量，就要去了解其出生的家庭情况、家庭的经济能力、文化背景及他自身的性格，那么与之相符的教育程度会是什么水平？人物自己希望达到什么程度？人物是否学到了他 / 她想学的专业或知识？

第三个是人物的天赋与才能。

这个人物擅长什么？就是人在经历过一些尝试之后，有些事情虽然很努力但最终还是失败了，而有些事情却很轻松地就做成了，这就是人天生就有擅长或不擅长的领域。你的人物具备什么样的天赋与才能呢？是不是很擅长谈恋爱？是不是天生就很善解人意、并很会鼓励人？是不是天生就空间想象力很强，所以画画很好？又或者很会讲故事，所以很会写作？

还有，这个人物喜欢做什么？喜欢吃喝玩乐吗？是不是喜欢将自己的观点强加于别人？这个人物在他 / 她擅长的领域到底有多厉害？

第四个是人物的自尊心。

人物的自我认知如何？是一个狂傲的人，还是一个极度不自信的人？是内心强大的人，还是一个极度敏感的人？

你也许会觉得这不过就是一个虚构的人物，哪里需要那么复杂的内心描述？如果你想把你的人物塑造成一个真正有血有肉的人，那请你尽可能地把你的人物按照一个真实存在的人来撰写人物小传。

第五个是人物的热情。

每个人都会有自己情有独钟的事情。而你的人物所热衷的也许会是宗教、政治、社会活动；又或者你的人物可能是一个热衷于慈善事业的人，他 / 她为保护儿童远离性侵害而积极奔走；也许他 / 她是器官捐献的提倡者，也许他 / 她在不懈地争取言论自由……无论你的人物的热情是什么，都可以丰富他 / 她的言谈举止。

好好想象一下，思考一下，你的人物到底对什么情有独钟？比如：他每天会做什么样的运动？他为什么做这项运动？他可以为这项运动付出什么？他喜欢这项运动是个人的意愿还是受到家庭成员或者其他人的影响？

第六个是人物目前的状况。

我们已经考量了我们准备要塑造的人物的出生、家庭、天赋，现在来思考人物在小说的开端时所处的状态。

你的人物处于人生中的哪个阶段、哪种状态？是单身，还是结婚了，或离婚了？有孩子吗？现在能挣多少钱？是否刚刚达到或已超出了父母的期望？是不是混得不太好？现在的生活到底怎么样？

不过这个就要结合小说的具体情节了，还要结合小说的开始。比如在电视剧《我的前半生》里，主人公罗子君在故事开端时是一个生活条件很优越的全职太太；在电影《投名状》里，人物在故事开端的状态就是兵败，他的部队全军覆没。

当然，以上所有人物状态的设置都不是一旦确定了就一成不变的，它要根据你实际创作过程中的需要来做调整。同时，对于人物的信息不仅限于以上提到的这些方面，还有很多方面会影响到人物的性格以及人物的现实生活，你也可以将它们列出来，列得越多你对人物就会越了解，越了解，你写故事的时候也就越容易上手。

4. 什么样的人物讨人喜欢

这一小节我们要讲两个问题，第一个是人物的成长经历；第二个是读者一般喜欢什么样的人物。

为什么要讲成长经历呢？一个人性格的形成并不完全是天生的，它跟很多后天的成长经历有关。

比如他/她小时候经常面对父母争吵、打架，经历父母婚姻的不幸，那长大了就会对婚姻产生恐惧感。如果他/她小时候经历了贫穷的生活，那他/她可能对金钱会没有安全感，或者走向另一个极端就是不择手段地赚钱。而这些种种问题都会影响到人物的为人处事风格，也会影响到我们（作者）给人物设计难题。

比如一个对婚姻存在着巨大恐惧的人，在面对男女朋友逼婚的时候会觉得压力无穷大。一方面他/她一想到婚姻脑海里就会闪现争吵、打架、伤害等种种不幸而想逃离，但另一方面他/她又不想离开他的女朋友或者男朋友。

所以，我们对人物的成长经历知道得越清楚，对我们后面的故事构思就越有帮助。

那么我们怎么来设计人物的成长经历呢？

第一步：我们给人物设计一个对其一生会产生深远影响的灾难。

我们先给人物加上一个灾难事件。这个灾难事件不是特指地震、战争、龙卷风、瘟疫等。你要寻找的是对人物的人生产生重大影响的事件，并且这个事件对人物的性格形成一直在发挥着作用，直到小说开始的那一刻。

上一小节中，我们提到了人物的家庭情况，特别是父母的婚姻状况。现在，我们来思考一下，父母关系的破裂对孩子有什么影响？

检视父母的婚姻状况对人物一生的影响，要从人物的童年开始，一路推测到小说开始时的状态。一个有着特定性格的人会对破碎的家庭做出什么反应？家庭破裂给人物带来了哪些伤害？这会对人物的自我认知、择偶标准和职业选择带来什么影响？

如果父母离婚是在人物成人离家之后，那又是怎样的情形？这会彻底改变人物对自己的看法吗？或者父母的离婚真的能影响到他 / 她吗？如果突然重组了家庭，有了继父或继母，他 / 她不再是老大，那又会怎样？

我们就是要让人物平静的生活起波澜。比如我们经常看到很多电视剧里面，某个人本来快乐地跟家人生活在一起，结果某一天突然来了一群人，把他们一家十几口人杀害了，就他阴差阳错保住了性命。这件事情让他走上了复仇的道路，他所有的行动都是以复仇为核心。

比如，一名成绩优异，立志成为科学家的男生，在 17 岁那年父母双双去世，留下他和 13 岁的妹妹相依为命。为了供妹妹读书，他不得不辍学，去工厂流水线打工。

父母的去世对他往后的人生造成了极大的影响，性格可能因此发生很大的转变。

其实重大事件就是将人物推上此前不曾预料到的人生道路，本来人物不是这样的，但是因为遇到了某件事情而变得如此了。

重大事件也许只是针对主人公而言是重大事件，从客观角度来看可能不是什么重大事件。比如人物在很小的时候被哥哥抢走了风筝，让他觉得很伤心，觉得哥哥不爱他，这对人物来讲是个大事件，他从此以后就再也不相信其哥哥了。

在故事里，我们要考虑重大事件和你的人物的关系。要思考什么样的重大事件能促使人物自然地往前行动且符合情节需要。需要花点时间来梳理一下，在人物的人生关键点上可能发生的事件，为每一个事件找到其合乎逻辑的结论。也就是这个事件对于人物现在的这个样子产生了哪些影响，看看其中哪一个事件或哪几个事件是最符合逻辑的。

比如，一个人特别热衷于慈善，建了几所孤儿院，收养了很多孤儿。他之所以如此热衷于慈善事业，是因为他小时候的经历。5 岁那年，父母在一场大火中双双去世了，无家可归的他被一所孤儿院收养。自从懂事开始，他就暗下决心，长大后要给更多孤儿提供庇护所。

当我们为人物找到了做任何事情都合情合理的理由时，我们会迫不及待地想动笔，会爱上这些人物，就算有些人物在小说里是彻头彻尾的坏人，也会让作者兴趣盎然。

第二步：确定你的人物是否是读者喜欢的人物。

确定了重大事件以后，我们要看看人物是否讨人喜欢，这一点很重要。如果故事一开头你就切入一个让读者特别讨厌的人物，那这个人物肯定是要垮掉的。

我看到很多小说从一个卑鄙、讨人厌的人物来展开，这样很难激发读者的兴趣。这些新手作者都有一个愿望，就是展现一个人物从坏到好的戏剧性转变，然而对于一个十恶不赦的人物是没有人愿意去原谅的。

一个人强奸了别人的女儿，还能让别人原谅他吗？即便他后面做了好事，也没有人会愿意原谅这样人品的人，从他一出场就会使得所有读者立场坚定地反感他。就算这个人物后面变得多么伟大，多么无私，也没有人会有耐心等他改变。现实生活中这样的人没等他改变早就进监狱了。

所以如果我们塑造的是小说的主人公，一定要使这个人物有些让人喜欢的地方，能够吸引住读者，否则读者会弃他而去，因为没有人愿意翻三百页去看一个令人讨厌的人是如何变好的。一位讨喜的主人公是一部成功小说不可缺少的要素。

当然，就算是反面人物，如果可以，我们也要尽可能地给人物加一些让人喜欢的元素。《铁齿铜牙纪晓岚》里面的和珅是大贪官，但是同样也有很可爱的地方，很讨人喜欢。

黑帮片《教父》里面的唐•柯里昂是个恶棍、杀手，但是他同样也有很可爱的一面，非常宠爱他的孩子，充分展现了一个充满爱的父亲的形象。

所以审视一番我们正在塑造的人物，他有没有讨人喜欢的一面，他会不会被读者理解？如果我们的人物一开始就呈现得太过单一和片面，那就落入俗套了，人物的现实感就没有了。坏人也是有情感的，就像《倚天屠龙记》里面的谢逊，他之所以变坏就是因为他师傅强奸了自己的老婆，杀死了自己的父母。虽然谢逊杀人无数，可以说是个恶贯满盈的人，但他同时也是个说话算数的人，并且他特别喜欢孩子，还教张无忌武功。

真实的人是复杂的，他们有很多喜欢的和不喜欢的东西，即使是十恶不赦的人也有令他心软、心碎的人，也有让他无法拒绝的人。

只属于一种类型的人物会让人一眼看透，没有思想深度，失真的同时也让人没有继续阅读的欲望。

要让读者喜欢你的主人公，得让读者在乎他 / 她。人类天生就会同情弱者，欣赏和钦佩遇到艰难险阻时能仍然坚持勇敢抗争的人。

大多数人天生都会同情受压迫的人，面对受压迫的人，我们都会想伸出援助之手，我们希望看到受压迫的人摆脱困境获得成功。现在这个社会，就算是那些靠不正当手段获得金钱的人，他们也会同情山里的贫困孩子，有的时候也会真心诚意做慈善。

除此之外，那些坚持自己的信仰、努力追求自己理想的人也深得人们的喜欢。还有那些受人尊敬的、有智慧的、甘于牺牲自我的、忠诚的、勇敢的、有道德感的、充满正能量的人群也备受青睐。

如果一个人故意把一个老人给绊倒，我们绝不会喜欢他，就算是一个六岁的孩子我们也不会轻易原谅他。但是你写六岁的孩子帮助老人，人们就很愿意看。

我们希望自己花时间阅读的故事中有一个值得我们景仰的人物。富有同情心、友好和宽容是我们现在的社会崇尚的美好品质。

讲到这里的时候，一个人物的信息差不多基本就讲完了，我们对自己的人物也基本上有了一个全面的了解。

最后我想讲一个很重要的内容就是人物的说话方式。

在电影当中，我们要认识一个人物很简单，给他穿上不同的衣服，化上不同的妆，只要有他的镜头，我们都知道是他。但是在小说里面不一样，一个人物的出场我们需要通过文字的描述来让读者知道。所以我们必须给人物很鲜明的标识，让读者一看这个标识就知道是他来了。

服装风格、外貌特点这些在电影当中常用的方法在小说中是行不通的，在小说中一个人物做得最多的就是说话，所以他说话的方式是标识人物最好的方式。

就如《红楼梦》里面的王熙凤，人还没到就听到她的声音；

《神雕侠侣》里面的周伯通，他那幽默搞笑的性格，一出场就知道是他。

所以，要给我们作品中的每个人物设计一个说话的方式，比如用词方面、语言表达风格，甚至还可以使用方言。总之，如果我们做到通过人物的语言风格就知道他是谁，那就成功了。虽然做到这一点往往并不是那么容易，但是只要我们认真总结、多多练习，就一定会越来越熟练。

讲到这里，人物的形象塑造也就差不多讲完了，但这也还不是一个最完善的人物小传。人物小传应该还包括具体的、连续的人物所经历的事件，也就是说人物小传应该包含人物在故事当中经历的事情。

5．小说写作中如何高明地介绍人物

上一小节我们讲的是如何设计人物，这一小节我们要讲讲如何把我们构思的人物搬到故事里去，也就是人物在故事里的展示方法。

前面详细地讲述了人物小传创作的过程以及方法，我们已经对我们的人物非常熟悉了，知道了人物的性格特点，也知道了人物人生当中经历过的重大事件，在别人眼里的他/她是什么样子等一系列细节。现在我们需要做的就是把这个人物在小说里面展示出来，向读者介绍这个人物，也就是塑造人物形象。

比如我们知道我们的人物有的长得很漂亮、有的很善良、有的很聪明、很优秀、有的武功特别高强等，那我们怎样向读者传递这些人物的特点呢？这个告诉读者的过程，其实也是人物形象塑造的过程。

在现实生活中，我们或多或少地都向别人介绍过某某人。比如，我们向同学做自我介绍，向家人介绍自己的男女朋友，向老朋友介绍自己的新朋友等。而介绍人物的方法也各不相同，有时会直接介绍这个朋友长得特别好看，或者特别善良，甚至有时会讲一下他的糗事，以此来烘托他的性格。在众多介绍人物的方法当中，虽然我们没有认真总结过它们的效果，但实际上我们不得不承认，它们的效果存在着巨大的差异。

一种好的介绍人物的方法，可以一下就让别人记住这个人物，并对这个人物产生好奇心，甚至喜欢上这个人。一种失败的人物介绍方法，不仅不会让别人记住我们所介绍的人物，甚至会让他对这个人物丝毫不感兴趣甚至是讨厌。

比如，本来我们是要向别人介绍项羽多么爱虞姬，结果别人给听成了项羽霸占虞姬，那就失败了。最常见的是当一个人侃侃而谈介绍完一个人物，听众哦了一声，喝了一口水之后，就再没下文了，自然也没记住你介绍的这个人。

为什么会这样呢？其实就是因为介绍人并没有采用能够吸引人的方式来介绍。这也是很多新手作者常犯的错误。大约 4 年前，由于工作原因我每天需要看很多新手作者写的小说，发现他们使用得最多的一种方法就是人物出场的时候给出人物的背景信息，包括他的长相、他的武功等。

这种方法，在几十年前是可以的。但是小说写作发展到了今天，读者的要求越来越高，用这样直白的方式来塑造人物，结果是读者翻一页就忘记这个人物了，就算记住了，读者也可能会觉得你的这个故事太平淡无奇，激不起往下阅读的欲望，于是放弃阅读你的小说。

在人物介绍上，我觉得最成功的应该属金庸小说《天龙八部》里面的扫地僧，总共出场不过五分钟，他就已经在读者心中留下了非常深刻的印象。在很多影视或小说作品中，别说出场三分钟的人物，就算是主角，我们看完就忘了的人物也比比皆是。

那么我们该如何来介绍一个人物呢？

人物介绍一般有三种：直接介绍、他人介绍、行动展现。

（1）直接介绍是指作者直接告诉读者。比如人物一出场就告诉读者：此人身高八尺、相貌堂堂、武功高强，一招降龙十八掌无人能敌。

（2）他人介绍指的是通过别人对人物的评价以及外界对人物的反应告诉读者。这种方法在电视剧《琅琊榜》中用得特别多。在电视剧刚开场的时候，编剧通过太子和萧景桓之间的党争，两人都急于得到梅长苏的方式，引出太子、萧景桓、秦般若等人对梅长苏的评价，把梅长苏的聪明才智评价得神乎其技。一句“麒麟才子得之可得天下”让观众对梅长苏充满好奇。这种介绍人物的方式在《红楼梦》当中也比比皆是，我们可以从林黛玉第一次进贾府的时候众人对贾宝玉的介绍便可知。

（3）行动展现是指通过具体的事件来介绍人物。相比于直接介绍，行动展现在小说中使用得最多，可以说几乎每个场景都是对参与这个场景人物的一次行动展现。

在《琅琊榜》中梅长苏第一次出场的时候是太子的人在追杀一个进入江左盟地界的人，双叉帮眼看就要进入江左盟地界了，非常害怕，没过多久，前面飘着的轻舟上，一位白衣秀士吹着竹笛就出现了。这是梅长苏的出场方式，他说话细声细语，看似手无缚鸡之力，双叉帮的一众人却非常害怕他。

在这个场景里其实也用了他人介绍方法，通过双叉帮帮主的反应来表现梅长苏的厉害以及江左盟的势力。

但是他人介绍仅仅是江湖传说，要想让人们相信他的本事，必须得让他显出真本事。所以作者安排了太子的手下，让他扮演一个不知好歹的角色，给梅长苏出手显露真本事的机会。

没等梅长苏开口，飞流直接就飞过去，把太子的手下给扔进了寒冷的江水里。双叉帮不仅不敢救人，甚至已经吓得赶紧后退。接着梅长苏轻描淡写地命令双叉帮不准下河，双叉帮也只能同意。

如果说前面的太子、萧景桓、秦般若这些人讨论梅长苏的时候观众只是闻其名，那么梅长苏的出场就是见其面。

在前面闻其名的阶段，梅长苏的大名可谓是如雷贯耳，如果在见其面的阶段不让人物显露真功夫，或者他的真功夫没有显露到位、没有传说中那么牛的话，就变成了闻名不如见面、见面不如不见，那这个人物的介绍就是失败的了，读者就会觉得被骗了，就算不觉得被骗，也不会喜欢这个人物。

金庸的小说《笑傲江湖》在描写令狐冲的时候同样也是用的这样的手法，先是通过别人的评论来介绍令狐冲，当这个人物已经大大引起读者的兴趣时，作者再安排这个人物出场。

同样，《红楼梦》中写贾府也是如此。先是通过贾雨村和冷子兴两个人的讨论，把贾府的荣华富贵给描绘得如皇宫仙境一般；接着安排林黛玉进贾府，通过林黛玉的视角来向读者展示贾府。写贾宝玉的时候运用的也是这个方法，安排一个又一个人物给林黛玉介绍贾宝玉，说贾宝玉是混世魔王、玩世不恭等，最后再安排贾宝玉出场。

利用这样的方式介绍人物最大的好处就是人物还没出场，读者就已经对他非常好奇，再给人物设计一个特别的出场方式，这样就很容易让读者记住并喜欢这个人物。

以上这种方式适用于正面人物，也适用于反面人物，适用于主人公，也适用于普通角色。

在这里需要注意的是：人物的出场方式一定要设计好，一定要名副其实，甚至要比传说中的更厉害，否则容易使读者失望、失去信任。

很多新手作者最容易犯的错误就是喜欢用直接介绍的方式。比如某个人物的武功非常厉害，就直接说此人名叫慕容复，武功天下第一，以子之手还施彼身无人能破。

这样讲出来虽然达到了直接向读者传递信息的目的，并且不会出差错，但是这样的介绍效果也是最差的，读者翻了一页可能就忘记了。

如果我们安排一个场景，我们的人物跟另外一个高手约在京城对战。然后从一个要去观战的小人物开始写起。这个小人物两个月前就徒步从南方出发，一路上遇见了无数去观战的武林人士，从这个小人物和这些武林人士的谈论中来介绍对战双方的门派、实力和性格。介绍差不多了，这个小人物也到了京城，因为来观战的人实在是太多，客栈都已经住满，甚至连搭个地铺的地方都没有……讲到这里的时候，这两个对战的人物在江湖中的地位有多高、武功有多强读者就可以想象了。接着来到他们对战的场地，从这个人物的视角转到另一个在江湖中一等一的高手那里，让他来点评这两个武林高手的对战，最后再进入要写的这两个人的背景。

经过这样一写，这个人物的实力自然而然就出来了，他的形象也就出来了，比直接告诉读者说他有多厉害要好几百倍。

在金庸的小说《射雕英雄传》里面有个高手名叫王重阳，他从没出过场，一直都是生活在江湖人物的评价当中，金庸先生介绍王重阳的方式就是安排他跟南帝北丐东邪西毒打一架，最后打服了这几个牛人，承认他为天下第一。

除了介绍武功，我们介绍一个人的性格，如特别懒、特别善良、特别有正义感等，也可以用这样的方法。

特别懒，怎么个懒法？比如他家里有二十双未洗的臭袜子。特别善良怎么描写？她把自己的生活费借给丢了钱的同学，自己却饿肚子。特别有正义感的他为了帮朋友出头自己挨揍。

比如，我们写一位老师讲课讲得很好，特别受学生的欢迎。那么，我们可以写，每学期选课的时候全校的上万名学生都会等在电脑前，争取在十几秒里抢上他的课，所以每次选课，学校的服务器总是死机。

因为听他课程的人实在是太多，就连学校最大的教室也没有办法满足需求，最后不得不把上课的地点改在操场……

一位女老师漂亮到全校男生都为之着迷，这比用直接赞美的形容词要深刻得多。所以，我们介绍一个人物的某种性格时，最好是把人物放在具体的事件当中，或举一个例子来让读者自己去认识，而不是作者直接告诉读者。像此人貌美如花、每一个男子见了都为之倾心，这种直接描述的方法最好就别用了。

介绍一个人物可以用闻名、见面、相处三个阶段来展示。闻名就是在人物还没出场的时候用别人的评价、江湖的传说来介绍人物，给人物的出场做铺垫，而见面的阶段就是人物的出场。通过闻名、见面两个阶段来展示人物的性格特点，让读者认识他们、记住他们、喜欢他们。最后进入故事当中，让人物和读者长期相处，再来慢慢地向读者展示人物其他方面的魅力。

第五章

如何写出让人欲罢不能的对话

1．为什么要写对话，准备怎么写

小说/剧本是由描写和叙述两个部分组成的，而在对话描写、景物描写、场景描写、动作描写等众多的描写当中，对话描写占据的篇幅最多。甚至在有些小说里，对话描写几乎可以占据小说二分之一以上的篇幅，剧本更不用说。

当然，我们不能说写好了对话，小说/剧本就一定会成功，但是如果对话写不好，小说一定会失败，这是毋庸置疑的。

所以，这个章节，我们就重点来讲解对话。

我们先讲小说写作中对话的定义，接着讲对话的作用，对话中设计冲突的办法，塑造精彩对话、提升对话魅力的技巧等。

阅读完这一章节，你可以学习到一套完整的对话写作技巧，以及我总结出的对话写作的方法。

可能有的读者会问：为什么还要讲对话是什么、对话的作用这样的理论呢？我们可不可以跳过前面的理论讲解部分，直接学习具体技巧？

2. 对话是什么

对话是什么？这个问题看似很简单，但是若让用一句来回答它，很多新手写作者都会摸不着头脑。因为他们并没有好好地总结过小说写作中的对话，甚至他们可能连对话的重要性都不知道，又怎么可能把对话写好呢？就像是你让一个木匠给你做一个桌子，如果木匠连桌子是什么都不知道，当然做不出来，就算是按照图纸做出来了，肯定也会有这样或那样的问题。

所以认识对话也就显得格外重要了。

那对话到底是什么呢？对话其实是人物的内心情感或者心理活动的外化，它和吃饭、睡觉、打架、跳舞一样，是一种行为。而每一种行为都有内在的驱动力和目的。

比如，一个人要上床睡觉，原因是他困了，目的是休息，但也可能只是占一个铺位。如果他的目的是占一个铺位，其心理就是害怕自己没有铺位。如果他的目的是休息，那么就是他觉得自己太累了。

人物内在的情感和心理会影响人物的行为。比如一对夫妻吵架，肯定是他们相互之间不满的情绪已经到了某个爆点。为了叙述方便，我们把这个爆点用分值表示为 7 分。达到 7 分的爆点之后，他们就吵架了。在他们的情绪还没达到 7 分之前，他们可能只是冷战，或者相互抱怨、冷嘲热讽。但当他们的情绪已经达到甚至超过 7 分的时候，他们可能就会动手打架了。

同样，人物的情感和心理也会影响对话的方式。如果一个人喜欢另外一个人，他对他喜欢的人说话时会客气点、热情点；如果他对这个人无感时，他也就不会说客套话，更不会说些奉承话；但如果他讨厌这个人的话，他可能就会跟他说一些挖苦或者取笑的话。

对话的目的同样也会影响对话的内容。比如一个警察问一个街坊："吃了吗？"如果这个警察仅仅是为了打个招呼，那么对方回答什么，甚至对方不作任何回答都无关紧要。但是如果对方是个嫌疑人，警察的目的是要从他的口中套取一些案子的信息，那么对方回答什么、怎么回答的就显得异常重要。并且，警察接下来的所有对话都应该是围绕着获取案情信息来进行的。

再举一个例子，一个远在外地打工的孩子给家里的老母亲打电话。如果他打这个电话的目的仅仅是跟母亲寒暄一下，那么电话的内容就会天南地北、工作生活随便侃。但如果这个孩子想要告诉母亲自己在外面混得不好，连回家的路费都没有了，想要母亲给自己寄一点买车票的钱，那么这个孩子的台词就应该围绕要钱这件事来设计。

弄明白对话是什么之后，我们就需要了解说话人的心理和目的。台词要符合人物的心理和目的。

当一个人特别害怕另外一个人，他便不会用犀利的语言去激怒对方，他说的话要讨好对方，让对方放松警惕，因此不会跟对方针锋相对。

那我们的对话只要遵循以上两个原则就可以了吗？当然不是。现实生活当中我们所有的对话都是有目的的，但是并不是现实生活当中的对话都能直接搬到小说当中来。

如果我们仔细观察的话就会发现，现实生活中的对话往往是漫无边际、毫无目的的，甚至经常会出现反复、前后矛盾。

就比如前面举的那个例子，这个孩子给母亲打电话要钱，但是他不好意思直接要，然后谈天说地聊了一个小时，如果我们把这一个小时的内容全部都写进小说，那至少五千字的篇幅全部都是漫无边际的对话。所以小说里面，非常简洁、精炼的对话才符合基本要求。

知道以上几点之后，现在我们来写一段一男一女之间的对话。

我们先看这个女人的内心情感，她喜欢上了一位男同事，她犹豫了很久，终于鼓起勇气，决定在公司的年会上对这位男同事进行表白。

在这位男同事上台领奖时，她冲到台上，站在男士面前，开门见山："我喜欢你！"

现在我们来看这位男士的内心，他对这突如其来的表白弄得不知所措，关键是他并不能确定这是不是女同事的恶作剧，但是他必须对女士的表白做出回应。于是他假装开玩笑："我也喜欢你！"

女士知道，男同事并不相信自己是真心表白，于是鼓足勇气，直接凑上去猛亲了男同事，转身逃离了现场，只留下了一句话："我说的是真的。"

在写这个对话的时候，我们非常清楚地知道双方的心理，知道他们的目的。所以，所有对话都在围绕着各自的心理进行，并且主导对话的女方的台词有一定的顺序。这样写就会写得有章法、有顺序，也符合人物的心理。

所以，我们一定要记住，对话不是现实生活中的言谈，它是由你的人物内心的情感驱动的，是带有目的、具有顺序的、简洁精炼的台词。

在写对话的时候，首先我们要清楚参与对话的双方的内心情感以及目的，其次我们要知道主导对话一方的对话流程。

什么是对话流程呢？比如一个孩子要找妈妈要钱买 iPad，他可能不会直接说要钱，而是先谈他上学期考了多少分，让妈妈高兴，接着向妈妈保证他以后要如何努力地学习，最后再讲他需要钱买个 iPad。

这个孩子的对话是有流程的、有套路的。先让妈妈高兴，再聊这个学期的计划，最后再讲完成这个计划需要一个 iPad。

再举一个例子：两个人合作，其中一个人违约了，被违约方去找违约方要违约金，他去之前肯定是做好了准备工作的。

比如他先提出要违约金，如果对方不给，他便搬出合同，再不给，他就要请出自己的律师。这就是对话的流程。

我们总结一下对话的基本要求：对话要简洁精炼，参与对话的人要有目的、有流程，知道参与对话的人物的内心情感。

3．对话的作用是什么

对话在小说写作中有五种常用的功能，第一种是呈现故事信息，第二种是塑造人物形象，第三种是设计场景，第四种是传达主题，第五种是推动故事情节发展。

也就是说，一个对话在小说里面如果没有达到以上五种功能中的任何一种的话，那这个对话就需要修改，或删掉重新设计了。因为在小说中，每一句话都应该有它的作用，如果一句话删除之后对小说 / 剧本的内容毫无影响，那么这句话就是多余的，对话也是如此。

那么，现在我们从第一种功能——呈现故事信息开始讲起。

我们知道，小说写作中，介绍故事背景的信息，让读者了解故事的走向是必须的。而介绍故事的背景信息常用的方法有两种：一种是通过叙述的方式，另一种是通过对话的方式。

在这一小节里，我们只讲对话的方式。

比如，奥利给是一家超市的售货员，他在那里工作已经五年了。

这个“五年”信息是直接给出来的，我们还可以在对话当中不露痕迹地表现奥利给已经干了五年。比如：

老板：所以你决定还是走了吗？

奥利给：抱歉，我也想继续干下去，但是我爸爸不希望我一直做售货员……

老板：好吧，你的工资已经出账了，总共是五万八千元。

奥利给：老板好像算得有些出入，你可能多算了，好像是五万五千元。

老板：是吗？

“我们来算一下。”奥利给数着手指头算起来，“一个月是一千元，一年十二个月就是一万二千元。五年就是五乘以十二，五乘以十二等于……”

“六万元。”老板先开口。

在上面这段对话当中，我们把给出的信息不露痕迹地嵌入到对话当中，读者既得到了奥利给已经在这个地方干了五年售货员的信息，又不会有被灌输信息的感觉，而且这个信息留给读者的印象会更深刻。

所以在小说 / 剧本写作中，通常会用对话的方式来呈现故事的信息。

要注意的是：对话是一种具有艺术性的呈现信息的方法，

一定不能让读者感觉到我们是单纯地在输送信息。

比如下面这段：

女人：我想要跟你一起去十万大山，而不是留在成都的家里。

男人：十万大山是中国西南边境最危险的地方，那里到处都是牛鬼蛇神，前后十二个驱魔人都是有去无回。你送我到西昌这么远，我已经很感激了。

在这个对话里面，输送给我们的信息是这个男人要去十万大山，女人要留在成都家里，并且女人已经送男人到了西昌，男人告诉她前往十万大山是非常危险的。

本来信息全部准确地输送出来了，但是问题就在于这里的信息输送非常刻意。感觉作者写这段对话就是为了向读者输送信息，没有其他存在的意义。

为什么呢？如果我们仔细阅读的话，这个对话里面有些信息是不必说出来的，是参与对话的男人和女人共同知道的东西。

比如“而不是留在成都的家里”这句话。他们两个都知道要去十万大山，女人要留在成都的家里。

这样的状况下，女人要怎么说呢？她只需要说：“我还是想跟你一起去。”对于他们两个之间的对话来说，这一句就足够了，不需要赘述。

第二句中的“十万大山是中国西南边境最危险的地方，那里到处都是牛鬼蛇神，前后十二个驱魔人都是有去无回。你送我到西昌这么远，我已经很感激了。”这些信息也是两个人都知道的，不必说出来。男人只需要说：“放心吧，我一定会活着回来的。”

就这一句就够了，这才是正常的对话。

所以在用对话来介绍信息的时候一定要警惕，切记不要设计出一个人物所说出来的话都是两个人已经知道的信息。一定不能让读者感觉到人物是专门在为输送信息而对话。

对话中的所有台词都必须是为故事的角色服务的，而不是为读者服务的。角色有需要说这句话才会出现这样的台词，为了输送信息而加的台词都是应该被砍掉的。这样的对话才能让读者被带入。

所以作者要做的就是把信息设计在角色非说不可的台词里，不露痕迹地带出来。就像是一个土豪，他没有刻意用语言表达来炫富，但是别人还是可以通过他手上带着的宝石戒指来知道他是土豪一样。

以上就是对话传递信息的功能。下面我们来讲第二种功能——塑造人物形象。

我们知道，不同性格特点的人说话的语气、用词是不一样的。比如《三国演义》中的张飞和诸葛亮，张飞经常会说“奶奶个熊的”这种颇具匪气的台词，但是温文尔雅的诸葛亮是不会说出这样的话来的。

不管是现实当中也好，小说当中也好，每个人物说话的语气、台词都应是符合自己身份、自己性格的。

一个小孩不会说出大人的话，一个性格温和的人不会轻易动怒，一个饱读诗书的雅士不会说粗鲁的话，唐僧不会说出悟空的台词，悟空也不会动不动就吵吵着要散伙。

在《西游记》中通过猪八戒多次和悟空斗嘴、散伙等台词，把猪八戒的好吃懒做、没事业心的性格特点展现了出来。

同样，《红楼梦》里的王熙凤出场，也是用不见其人先闻其声的方式把她大大咧咧的性格展现了出来，接着她给贾母请安时说的话，也能看得出来她的性格特点。

所以，我们可以通过设计人物台词的方式来展示人物的性格特点和处事风格。

在用对话来塑造人物的时候我们要注意以下几点。

第一个就是台词的词汇。说话的这个人的受教育程度会影响他使用哪些词语。一个从来没有读过书的山里农民，不太可能旁征博引，也不太可能善用成语，出口成章。

但是，一个受教育程度有限的人极力地试图用词汇来塑造自己的形象的时候，可能是在满怀善意地努力挣扎，想方设法提升自己在社交中的地位。

记得有一次我回老家，老家一个老哥来跟我聊天，他长我十几岁，书只读过一年级。他知道我是搞写作的，于是跟我聊起文学。

他说：我也很喜欢文学，喜欢听先生说书，有一次李白被请到我们家乡来录制说书节目，我就连续去现场听了三天。

他继续说：李白的脾气很大，看到现场的工作人员很久没有布置好，就说今天要是搞不定，那就下班，明天再来……

我没有拆穿他，我说：是的，李白这样的大师肯定是这样的。

从这样的对话交流当中，就能体现出我们两个人的性格特点。一个是不懂文学的人极力在伪装自己懂文学，另一个是明知道对方是在胡编却没有拆穿对方。那我们俩各自是什么样的性格特点呢？其实一目了然。

除此之外，句法和地域也是我们需要重点注意的。一个地道的中国人不可能满嘴都是翻译腔，上海姑娘也不可能在着急的时候飙出四川话来。

当然，如果一个人一着急就说出四川话，或者一上来就满嘴四川话，这就显示这个人可能是四川人或四川周边地域的，至少跟四川有某种关系。

另外，还有一个需要注意的就是同伴群体，比如一个军人、一个律师等，他们的职业会带给他们很多行话。通过行话，也可以展示出人物的职业。

对话的第三种功能是设计场景，利用对话来让读者达到身临其境的效果。比如下面这个场景：

我走进废弃的厂房，特工早已埋伏在这里，其中一个用枪逼着我的脑门，让我交出情报。我顶撞了他两句，他把我一脚踢翻在地上。

上面这个场景如果我们用对话来描写的话，就会变成下面的样子：

我走进废弃的厂房，突然有人用枪逼住我的脑门，接着是一个男人的声音：“别动！”

我缓缓举起手：“你是谁？”

“情报在哪里？”他不理我的问话。

“我赌你不敢开枪。”我试探。

话音未落，我屁股上被狠狠地踢了一脚，我的身体失去平衡，趴在地上，接着大腿上一阵刺痛“啊……”我疼得大叫起来。

这样一改写，场景就会变得很有画面感，读者就可以随着人物的动作和台词身临其境，情绪也被带入。

对话的第四种功能是传达主题。我举个大部分人都熟悉的例子。

在金庸小说《倚天屠龙记》中，张无忌的母亲殷素素在临死前告诉张无忌：千万不要相信漂亮的女子，越漂亮的女子越会骗人。

实际上这句话也是作者想说的话，想传达的观点，但是并不是通过说教式地写出来，而是通过殷素素的嘴说出来。

当然，我们在用对话来传递主题的时候也有一个危险，那就是对话可能会变成说教式的，把人物变成了传递主题的口舌。

为了避免这样的情况发生，我们必须把主题嵌入激烈冲突的自然对话中去，利用焦灼的对话来掩护我们的行动。

在《倚天屠龙记》中，殷素素就是在非常危险的时刻说出这句话的。但是如果她是在冰火岛说这句话的话，效果就不会那么好。

对话的第五种功能是推进故事情节发展，这很容易理解。比如两个人吵架，本来 A 要“熄火”了，但是 B 又骂出来一句，A 也还上一句，于是骂架又继续下去。

再比如主人公本来想饶过某个坏人，但是这个坏人不仅不感恩，还言语相激，激怒了主人公，最后主人公把他给杀了。杀人的结果就是主人公陷入了被官府追捕的危险当中。就像是《水浒传》中的鲁智深拳打镇关西。本来镇关西如果能够低声下气地按照鲁智深的话剁猪肉，便也不会丢掉性命，然而他最后还是受不了刁难，顶撞了鲁智深，为此丢掉了小命。而鲁智深从此就只能踏上逃亡的道路了。

以上就是我们总结出来的对话的全部功能，大家可以在一边阅读本书的时候一边看一些经典作品中的对话，看看它们的作用以及使用方法。

4．让对话充满冲突的四种方法

小说中的对话要充满冲突。如果没有冲突，小说也就不叫小说了。

对话当中如果没有冲突的话，对话就成了闲聊，闲聊也就意味着小说停下来了，小说一旦停下来，读者就放弃它了。所以在对话中制造冲突，也就成了小说写作者迫在眉睫需要解决的问题。

让对话有冲突的第一种方法是：将参与对话的人设计成对立面。

在金庸的小说《倚天屠龙记》里，张翠山和殷素素从冰火岛回武当后，在张三丰生日的那天，各大门派都派人来祝寿，这个场景里的对话充满火药味，双方剑拔弩张，形成稍微不注意双方就会打起来的氛围。

为什么会有这个效果？原因就是参与对话的人都各怀心思。各大门派的人并不是真心专门来贺寿的，而是借此机会一起来逼问张翠山夫妇金毛狮王的下落。

而张翠山夫妇已经和金毛狮王结为兄弟，不可能告诉他们金毛狮王的下落，于是双方就形成了对立面。一方想要知道秘密，另一方想方设法想要保守秘密，这就构成了冲突，他们的对话也就充满冲突感。

当武当和各大门派的人形成对立面之后，双方就各有各的想法。各大门派的人都想逼张翠山说出金毛狮王的下落，而武当想尽快打发走这拨人，并且保住谢逊下落的秘密。

双方都在为达到各自的目的而绞尽脑汁，所以对话就很吸引人。

当然，类似这种方式，参与对话的人不一定是敌人，他们也有可能是同盟。比如某个男人并不想让老婆知道自己的病情，于是隐瞒，而老婆在想方设法探听情况，这就会让对话充满冲突，但不一定会产生火药味。

第二种方法是给对话设置障碍。

所谓障碍就是阻碍的因素，阻碍两个人按照正常的方式交流。比如两个一起潜伏在敌人内部的地下党在厕所里准备交接情报时，突然闯进来一个人。情报交接迫在眉睫，但是又不能让第三方知道，这个时候他们两人之间的沟通就增加了一道屏障，交接情报也就充满了危险，一旦被第三人知道，不仅他们两个人会陷入危险，情报落入敌人手中后地下党组织也会陷入重围。这样的对话就有了赌注，也就有了冲突，自然就很吸引人。

再举一个例子，对话中双方的语言不相通。比如主人公意外落入了一个原始部落的领地，本来主人公是好人，然而对方以为主人公是入侵者，把他抓起来准备烧死。这个时候他必须解释清楚自己是好人，这样双方的对话也就异常精彩了。

给对话设置障碍是提高对话冲突的常用方法。除了上面两个例子外，大家也可以再看看其他方式。

提高对话冲突的第三种方法是设计恐惧因素。

给参与说话的一方设定一个场景，如果说错话就会付出某种代价。就像是拆弹专家如果剪错线，炸弹就会爆炸一样，一旦人物说错话，就会失去某种东西，他失去的东西越贵重，对话就会越吸引人。

比如故事中一个女生刚刚被一个陌生男人强暴，她不知道该不该告诉她的男朋友。因为一旦告诉男朋友，双方可能面临分手，不告诉的话，如果有一天被他知道，也会有分手的可能。这个时候女生和她男朋友之间的对话也就显得忐忑不安。

第四种方法是在对话中加入争辩。

争辩，也就是说话双方不好好说话，用提高声音分贝的方式来讲话，用各种方法来刁难、贬低、刺激对方。比如一对关系比较糟糕的父子，一对闹别扭的夫妻。

当然这种争辩不一定是真实争辩，也有可能只是两个好朋友之间的一次玩笑。

以上是四种让对话充满冲突的方法，只要我们牢记并用好这四种方法，故事里的对话就会变得有滋有味，充满冲突，读者也就会停不下来继续往下阅读。

当然了，让对话充满冲突的方法也许不止以上四种，我们大家也可以在自己平时的阅读和写作当中去总结经验。

5．塑造精彩对话的四种方法

我们知道，并不是所有的对话场景都能够制造出冲突，比如一对情侣之间的暧昧对话、一对好朋友一起喝酒的对话等，好多场景是没有办法制造冲突的。所以这里我们再来介绍四种常用的提升对话魅力的方法。

第一种方法是编排参与对话的人物。

这种方法是通过设计同在一个场景里面出现的人物，让他们觉得对方让自己格外烦恼。

跟上一小节我们讲的把参与对话的人物设计成对立面有点类似，但是不局限于参与对话的人物是对立面，他们也可能是同一个阵营的，只不过因为某种原因，他们不喜欢与自己对话的这个人物。

比如一个母亲面对一个调皮捣蛋的男孩时，一个总是开门见山的大老粗遇到一个咬文嚼字的秀才时……因为对方的风格和自己截然不同，所以就会觉得格外受不了。

一旦一方受不了另外一方，也就意味着会有各种各样的潜在冲突的出现。比如在《人再囧途之泰囧》里，徐朗遇到王宝，简直就麻烦透顶了，即便是在后面他们俩已成为朋友也是如此。

想要使用这种方法，我们可以在动笔之前列一个人物清单，标出不同人物的性格特点，然后在安排对话的时候尽量把不同性格的人放在一起。

这种方法虽然会略有麻烦，但是在平时做对话练习的时候是非常有效的。

第二种方法是反话法。

什么是反话法呢？其实就是让对话者说出违心的话，或者说出超过观众心理预期的话。

比如一个男生追一个女生，追了很久，突然有一天这个女生找到男生，告诉男生说："我喜欢你！"

这个时候观众会觉得这个男生会很高兴，会说出迎合的话。但是，我们要反过来，让男生说："可是我不喜欢你了。"

这个男生说的这句话是超出读者心理预期的，这个时候我们就会非常关心女生的反应是怎样的。按照女生的性格，她会问："为什么？"

这个时候读者预期的是这个男生会说出一些理由，结果男生说："因为我开玩笑的。"一说完，抱着女生就高兴地转起圈圈来。

在这个对话里面，其实就是一个女生向男生告白，男生答应了，就这么一个简单的故事，根本没有冲突，我们也没有办法硬生生地给他们制造冲突。但是经过反话对话法，对话就增加了趣味，变得更有吸引力了。并且，这种方法还有制造悬念的效果。比如：

张三：我们去超市吧。

李四：我早就想去了。

张三：你昨天晚上吃的韭菜馅的饺子吧。

张三和李四在谈去超市的事情，结果张三居然问起昨天晚上吃饺子的事情。前言不搭后语，这就形成了悬念，张三为什么问昨天晚上吃饺子的事情？这跟去超市有什么关系？

第三种方法是海明威的冰山理论。

什么是冰山理论？我们可以想象，冰山大部分都是沉在海底的，只有很少的部分浮在海面。

当我们在创作一个作品的时候，我们的文本是浮在水面上的部分，是读者能够很直观看到的部分。但是有很大一部分潜伏在水里，读者看不见。

读者也知道肯定有一部分在水里，但是并不知道水里这部分到底有多大，到底是什么样子的，有没有危险，这就构成了悬念。

所以我们在写对话的时候，也可以暗示读者是有水下的部分存在的，但是不要告诉他们水下的部分是什么。就像是一个男生给女生准备了一个惊喜，但是他并不告诉她惊喜是什么，这就会引起女生的好奇。

第四种方法是增加语言的强度。

如何去增加语言的强度呢？就是增加它的杀伤力。

让搞笑的更加搞笑，让悲伤的更加悲伤，让刺激对方的更加刺激。

美国作家詹姆斯·贝特尔举过一个例子，原句是：

在梅西感恩节上，一个大气球断了线，在一栋大楼上撞破了。

这是非常简单的话，没有情感，没有任何搞笑。但是他一改就改成了：

在梅西感恩节上发生了一起悲剧，史努比气球逃走了……还被克莱斯大楼给阉了。

这样的话语经过他一改，就很有魅力了。其实詹姆斯·贝特尔只是在这句话当中加入了一个搞笑的成分而已。

这就是我给大家介绍的四种让对话精彩的方法。在平时的阅读当中，大家可以分析一下那些名作家们是用什么样的方法来提升对话的魅力的。

第六章

小说写作中的悬念

1. 悬念的本质

尽管每个小说写作者都知道一部小说想要留住读者，最行之有效的方法就是设置悬念。然而，还是有很多作者败在了悬念这个问题上。他们根本不知道如何去设计悬念，他们去百度查询资料，去请教很多成名的作家，去看很多外国作家写的创意写作教程……但还是没搞明白悬念到底要怎么设计。

为什么会这样呢？在我看来是因为他们没搞懂什么是悬念。

悬念其实就是抛给读者一个还没有解决的问题，然后让读者迫切地想要知道这件事情是如何解决的，从而不断地往下阅读。比如主人公落入了敌人的陷阱，处境非常危险，这个时候读者就迫切地想知道主人公会如何逃出困境并继续阅读下去。

请注意，这个悬念在读者脑海里是：主人公接下来会怎么样？这是一个问题，悬念留住读者的方法其实是通过问题的答案来达到的。也就是说，一个悬念就是一个问题。

这句话很重要——悬念就是问题。所以设置悬念就是在设置问题，而一个问题就得配一个答案。

作者给了读者一个问题，然后把答案藏在后面的内容中，让读者自行去阅读后面的内容寻找答案。这就是吸引读者往下阅读的方法。

作者手上有读者想要知道的答案，所以读者想知道答案就得继续往下阅读。

所以，我们要记住：悬念就是问题，并且这个问题还是读者非常迫切想要知道答案的问题。

当读者找到答案之后，这个问题就解开了，悬念也就不存在了。所以作者必须提出多个问题，在给出上一个问题的答案的同时抛出下一个问题，迫使读者欲罢不能地继续往下阅读。

就像是小的时候爸爸跟我玩的一个游戏。某天爸爸出差回来，他想让我找到他，于是就在家门口放了一颗糖，我跑过去捡起来，然后我又看到不远处有一颗糖，我又跑过去捡起来，捡了这一颗，我又看到了下一颗……就这样我被爸爸引到了我家的后院。

实际上悬念也就是这么一个过程，给出一个答案的同时抛出另一个问题，让读者看到后面还有答案，这样迫使读者一步一步把整个小说阅读完。

在这里需要注意的是：我们抛出的这个问题必须是读者关心的问题。如果读者不关心这个问题，那么自然也就不会为了答案而往下阅读了。

比如我对甲一点兴趣都没有，你问我：甲现在陷入了舆论中。我肯定不会关心接下来他的处境会怎么样。但是我喜欢乙，如果你告诉我乙从舞台上摔下来了，那我就会关心他摔得严重不严重，什么时候能够康复等。

正如前面章节所讲的，设计悬念的前提是我们得有一个读者喜欢的人物。因为我们的问题肯定都是围绕着主人公进行的。（怎样塑造一个读者喜欢的人物？什么样的人物是读者喜欢的人物？请阅读本书第四章）。

我们问的问题一定是读者关心的问题，并且是读者迫切想要知道答案的问题。比如我特别关心我的侄子，他在上高一，我想知道他能考上什么大学。这个问题的答案不迫切，因为还有两年多。但是如果现在他的高考成绩已经下来了，那么我就会迫不及待地打电话给他，问他高考结果。又比如主人公跟他的对手约在十年之后决斗，我们虽然想知道他们决斗的胜负情况如何，但是时间还太早，我们并不那么迫切想要知道答案。而如果现在主人公和他的对手已经狭路相逢，今天必须分出胜负，这个时候我们就会迫切想要知道答案了。

除了问题的迫切程度外，问题的大小也决定能否吸引读者。如果一个问题特别小，比如主人公下楼买菜忘记带钱包，这样的问题算是鸡毛蒜皮的小事。但如果我们换成主人公下楼遇到歹徒，这个问题就大了，我们就会关心主人公是否会受到伤害、结果如何等。

我们说悬念就是问题，作者提出各种各样的问题，让读者自己在书中后续的内容中去找答案，从而吸引住读者。那么常用的问题方式有哪几种呢？

第一种：接下来会怎么样？

第二种：为什么会这样？

第三种：作者为什么要这样写？

一般情况下就这三种，几乎小说里面所有的问题都是这三种问题的变化。

第一种：接下来会怎么样？

“接下来会怎么样？”这类问题，我们可以引申为：主人公能够逃脱对手的魔爪吗？主人公能够抓住坏人吗？……总之这种疑问方式就是让读者对接下来将要发生的事情进行推测，一般情况下就是现在已经发生了某件重大事情，它会引发更严重的问题，从而我们会担心接下来发生的事情。

比如主人公现在被他的对手抓住关在一个笼子里，对手准备用火烧死他。我们就很想知道接下来会发生什么事情，主人公能不能逃得出去。就像《西游记》里面的唐僧，每次被妖怪抓走的时候，我们都很想知道孙悟空能不能把他救出来。

或者主人公追踪一个坏人，坏人躲起来，我们也会关心主人公会不会抓到坏人。还有就是坏人已经设好陷阱，就等待着主人公跳的时候，我们也特别担心主人公会不会上当，从而继续阅读后面的内容。

第二种：为什么会这样？

这种疑问我们可以引申为：为什么他们会打架？他们是谁……这种情况就是现在发生了一件反常的事情，但是我们并不知道这件事情发生的原因。就如我们看到两个人在打架，但是我们并不知道这两个人为什么要打架。

又比如金庸小说《天龙八部》里，一开头就是无量剑派的两名弟子在相互厮杀，这里就有问题了：这两个年轻人是什么人？他们为什么要厮杀？

这一系列问题都会出现在读者的脑海里，为了得到答案，读者就只能继续阅读下去。

一般情况下，我们只要遵循先行动再解释的写作原则，这种问题就会自然而然地出现。比如我们的主人公是一个侦探，他和他的朋友走在街上，他突然一脚踢倒了路边的流浪汉，并用手铐把他铐起来。

对于读者来说，这是突如其来、莫名其妙的，他们并不知道发生了什么事情，这就构成了一个问题，想要知道发生了什么事情，读者就得往下阅读。主人公把这个流浪汉铐起来之后再告诉他的朋友，这个就是他追踪了十年的杀人凶手。

又比如主人公一行人在赶路，路上休息的时候不断地有人死去，凶手成了一个谜。那么“凶手是谁？”就成了问题。

再比如主人公走在路上，突然有个人要来杀他，这个时候也产生了悬念：到底是谁要来杀主人公？

第三种：作者为什么要这样写？

这种方式相对应的是影视作品当中的特写镜头。比如画面本来是非常温馨的一家三口的场景，突然切换到了墙上挂着的一把菜刀，给了菜刀一个特写。这个时候我们就知道这个菜刀在这个剧中必定有用，但是具体有什么用我们不知道。再比如主人公摔门而去之后，特写镜头给了桌子上的一个榔头。我们知道这个榔头的镜头必有深意，但是我们并不知道会发生什么，从而构成了疑问。

尽管这种方式在小说当中很少有作者使用，但也是一种特别好的制造悬念的方法。比如我们在一个小说的开头非常详细地介绍一盒火柴、一把刀、一块石头等，这会引起读者的好奇——作者为什么这么写？也就是说这个石头、这把刀或者这盒火柴到底有什么深意？

以上这三种就是小说写作中通常会出现的问题方式。如果我们能够做到自己写的每一句话都对读者产生以上问题中的任何一种，那么小说的悬念设置也就成功了。

反过来讲，我们在小说写作当中，如果前 100 字以内还不能让读者产生任何疑问的话，那么我们可能就需要思考一下，自己到底有没有设置好悬念了。

当然，有的时候小说吸引人的方式不仅仅是提出悬念，也有可能是回答某个千年难题。

在小说写作中，如何提出问题和解答问题是非常重要的技巧。可以说，如果提出问题的方式比较笨拙的话，我们所设计的悬念肯定也会大打折扣。

2．悬念的分类

前面我们讲过，尽管很多人都知道悬念的重要性，也知道悬念的本质就是问题，但实际上还是没有办法写好悬念，所写的故事依然缺少悬念。

我们以为一个小说当中只要给读者提出问题，然后把答案放在最后，读者就会一路读到最后。实际上，这样的想法是大错特错的。

因为这样做，我们只能不断地用眼前的利益来诱惑读者不断地跟随你。如果有一天，你不让他们看到你手上还有他们可以马上得到的东西，那么他们就会离你而去。

小说/剧本其实也是如此，我们只能用很多小悬念来吸引读者阅读下去，然后达到让他们追随你的目的。就像是一个公司除了上市之后的干股外，还需要设计月奖金、季度奖金、年终奖金，不断地激发员工的工作动力和潜力。

如果我们把读者当作员工，那么悬念就是奖金。我们除了要给员工设计干股外，还需要不断地给他们各种各样的奖金。

所以，我们需要按照问题的大小来设置不同的悬念，分阶段送给读者。

第一种我们称为超级悬念。这种悬念贯穿整个小说。从故事的开头，一直到小说结束才给出答案。比如主人公要给他的父母报仇，那么肯定给读者留下一个超级悬念，就是主人公能不能为他的父母报仇，他的仇人是谁，这个问题只有到故事结束的时候才能知晓答案。当然，在现在动辄上千万字的网络小说当中，超级悬念不一定是贯穿整个小说的，但肯定也是很长的篇幅之后才能知道答案的悬念。

第二种我们称为大悬念。顾名思义，大悬念肯定比一般的悬念大，但是没有超级悬念大。它的悬念是贯穿主人公和对手之间的一次生死搏斗。

我们以电影《战狼 2》为例，主人公与他的对手总共进行了四次较量，其中第一次的较量是在医院，主人公去救陈博士，这个悬念就是主人公能否安全救出陈博士。但是这个悬念只持续了一小段时间，等陈博士被杀死了，主人公救出了那个美国医生和陈博士的女儿之后，这个悬念也就不存在了。

在第二次较量当中，是雇佣兵们派人来偷袭华资工厂，来抢那个黑人小女孩，这里的大悬念就是为什么要抢黑人小女孩？黑人小女孩会被抢走吗？主人公和他的朋友们打退了前来偷袭的雇佣兵，这个悬念也就解开了。

第三种我们称为场景悬念。每个场景都应该有悬念，假如我们能把悬念建立在人物的担心与恐惧的基础之上，则每个场景都能有悬念。场景中有些问题尚待解决，也就是结果没有揭晓。人物进入一场戏都是抱着某种目标而来的，而且这个目标又与他在整个小说中的总体目标有关。

再以《战狼 2》为例，在冷锋带着黑人小女孩和美国医生来到华资工厂的那一场戏里，华资工厂已经全副武装，张瀚饰演的凡哥用枪顶住了冷锋的眉心。这个时候自然就有悬念，接下来会怎么样？他们会相信冷锋吗？这些人是好人还是坏人？

当那个黑人小孩的妈妈出现，证明冷锋是好人的时候，这些悬念也就不存在了。在前面，冷锋带着黑人小女孩，还有美国女医生被雇佣兵追赶的那个场景，吸引我们的不仅仅是激烈的场景，他们能否逃出去也是我们非常关心的问题。

在金庸小说《倚天屠龙记》里，张翠山和殷素素从冰火岛回武当之后，六大门派前来逼问谢逊的下落，这个场景里，我们知道张翠山夫妇不会把谢逊的下落说出来，所以悬念就是最后他们如何打发各大门派的人。当张翠山夫妇自刎而死的时候这个悬念也就没有了。

场景中的悬念就是在这个场景中提出问题，并且在这个场景里回答问题。与前面两种悬念相比，这种悬念出现得快，解决得也快，它实际上具有连接大悬念的作用。在两个大悬念之间必须有很多场景悬念来把它们连接起来。

第四种我们称为段落悬念。这种悬念是小说写作当中最小的悬念，也是最多的悬念，它贯穿在每个段落之间，肩负着让读者继续阅读的重任。它在小说中的重要程度不亚于以上三种悬念中的任何一种，但是因为它太小，往往被作者忽略。

这里以我的小说《如果没有遇见你》作为案例来分析一下如何设置悬念。这个小说的开头是这样写的：

火把节的那天晚上，突然觉得特别伤感，便搭了最后一班离开西昌的航班。怎么说呢？其实，我并没有想好去哪里，实际上我也没有一个想要去的地方，不过是想要暂时离开这个城市。

开头这个自然段不过80多字，但是有很多段落悬念。比如第一句“火把节的那天晚上，突然觉得特别伤感”，读者读到这句话的时候脑子里肯定有疑问：为什么会伤感？他是失恋了吗？是失去工作了吗……接着下一句“便搭了最后一班离开西昌的航班”，疑问又来了：他要去哪里？一个伤感的人搭了最后一班离开的航班要去哪里呢？

“怎么说呢？其实，我并没有想好去哪里，实际上我也没有一个想要去的地方。”到这里的时候疑问就更大了，到底想去哪里？一个特别伤感的人，搭了最后一个航班离开，却不知道自己要去哪里？

最后一句，“不过是想要暂时离开这个城市。”他为什么要离开这座城市？他到底在这座城市里发生了什么？

然后第二自然段写道：

那天晚上飞到了丽江，在一家酒吧里一杯接着一杯地喝着啤酒。

到这里的时候已经揭开了上一个自然段中的一个疑问，他到底去了哪里？他去了云南丽江，在一个酒吧里喝酒。

这就是段落当中的悬念，这种悬念不会给读者保留太久，上一个自然段中提出来，下一个自然段就解答了。当然这种疑问是逐步在增强的。

在具体的小说写作中，超级悬念和大悬念是我们在故事大纲的阶段就要设计好的，而场景悬念和段落悬念一般在具体写作的时候才能设计。

当然，悬念的设计方式不仅仅在我的小说里。诸如莫言、金庸等大师级的作家，也会用同样的方法。

下面，我们以莫言的小说《生死疲劳》为例：

我的故事，从 1950 年 1 月 1 日讲起。在此之前两年多的时间里，我在阴曹地府里受尽了人间难以想象的酷刑。每次提审，我都会鸣冤叫屈。我的声音悲壮凄凉，传播到阎罗大殿的每个角落，激发出重重叠叠的回声。我身受酷刑而绝不改悔，挣得了一个硬汉子的名声。我知道许多鬼卒对我暗中钦佩，我也知道阎王老子对我不胜厌烦。为了让我认罪服输，他们使出了地狱酷刑中最歹毒的一招，将我扔到沸腾的油锅里，翻来覆去，像炸鸡一样炸了半个时辰，痛苦之状，难以言表。鬼卒还用叉子把我叉起来，高高举着，一步步走上通往大殿的台阶。两边的鬼卒嘬口吹哨，如同成群的吸血蝙蝠鸣叫。我的身体滴油淅沥，落在台阶上，冒出一簇簇黄烟……鬼卒小心翼翼地将我安放在阎罗殿前的青石板上，跪下向阎王报告：

“大王，炸好了。”

开头第一句“我的故事，从1950年1月1日开始讲起。”就有问题产生。

读者读到这句话的时候，脑海里会不由自主地问：为什么他的故事从1950年1月1日开始讲起？

这一天有什么特殊的含义吗？从1951年讲不行吗？从1月2日讲不行吗？为什么非得从1950年的1月1日讲起？

为了得到这个问题的答案，读者只能继续往下阅读。

“在此之前两年多的时间里，我在阴曹地府里受尽了人间难以想象的酷刑。”这句话就回答了第一个问题。

但是故事还要继续，悬念也要继续，于是这句话又让读者产生了两个新的疑问：

第一，他为什么会在阴曹地府受酷刑？他做了什么丧尽天良的坏事吗？

第二，阴曹地府的酷刑是什么样的？

读者想要获得这两个问题的答案，也只能继续往下阅读。

“每次提审，我都会鸣冤叫屈。我的声音悲壮凄凉，传播到阎罗大殿的每个角落，激发出重重叠叠的回声。”

第三句，并没有像第二句那样回答第一句提出的问题。但是它提出了新的问题，而且加强了上一句提出的两个疑问。

为什么他每次提审都会喊冤叫屈？他到底有什么冤屈？这两个问题的答案就在后面的内容中。

这是作者提出的新的问题，使得读者脑海里产生很多疑问。

除了提出问题外，作者也加强了疑问。

其实到这里的时候，又隐藏了另外一个疑问：我现在被冤枉，在地狱里深受酷刑，那接下来我会怎样？

我会被折磨死吗？我的冤屈最后能够得到平反吗？我会被屈打成招吗……

这一系列问题，我们只有在后面的内容中才能找到答案，从而激发读者阅读下去。

“我身受酷刑而绝不改悔，挣得了一个硬汉子的名声。”

这句话，回答了前面的问题——我不会被屈打成招。不会被屈打成招，那接下来我会怎样。我能逃脱吗？

……

莫言的小说我们分析到这里，有兴趣的朋友可以自行去看。只要能够让读者欲罢不能、要读下去的小说，实际上，几乎每句话都能够让我们产生疑问。

将各种各样的疑问放在文字中，然后将答案安排在后面的内容里，从而吸引读者阅读下去。这个可以说是几乎所有小说类作品通用的方法。在平时的阅读中，我们稍加注意就会发现这个奥秘。

而且在我们创作的过程中，也要刻意地设计一些疑问。

第七章

小说的切入点

1. 切入点的重要性

假设你是一名读者，去书店淘一本小说，那么你应该分几步才能购买到你喜欢的图书？

第一步，你走进图书馆，按照图书馆的分类走到你平时想要阅读小说类目前，比如科幻、悬疑、言情等。

第二步，在众多书籍当中你会被一本书的封面吸引，然后看到了这本书的书名，你觉得这本书不错。

第三步，你拿起这本书，从第一页开始读起。

如果你读了短短几句就想停下来，那么你肯定不会购买这本书，直接就放回去了。如果你一口气读了两万字、三万字甚至更多，那么你就会把它买下来。

所以从上面的步骤我们可以知道，决定读者买不买一本书，实际上跟整本书的整体内容质量是没有多大关系的，很大程度上由这本书开头的5000字决定。

所以开篇5000字，对于一本纸质书来说是非常重要的，它决定着这本书能否卖出去。

电子书也是如此。

线上阅读，读者利用的都是碎片化的阅读方式，只要稍微不如意，读者可以随时换书。

如果是网络小说，更不用说。现在大多数网络小说平台都要求作者免费前面的 16 万字，也就是说前面的 16 万字不能吸引住读者的话，那么也就意味着这本书要失败了，不管你后面写得多精彩，读者也没有机会读到了。正如那句广告：酒好也怕巷子深。

如果是一部电影，那么更简单。现在的网络电影，前面 6 分钟都是免费的，过了 6 分钟，如果你还想继续看，那么就需要充值会员或者付费。所以对于一个网络电影的剧本来说，在前面 6 分钟必须能够持续地吸引住读者，如果观众没有撑到第 6 分钟，那就意味着这个电影对这个观众是无效的。

而决定电影前面 6 分钟的，正是故事的切入点。可以说故事的切入点一旦选错，电影也就失败了。

综上所述，我们发现，无论是传统小说、网络小说还是剧本，只要我们想把它推销出去，就必须把开头写好。

想要把开头写好，就必须找好小说的切入点。

2．如何找到切入点

小说或者电影的切入点一般可以分为三种，即变化前、变化中、变化后。

何为变化?

变化就是主人公发生的意外，主人公现在必须对这个意外作出回应。比如电视剧《我的前半生》中，对于主人公罗子君来说，变化就是丈夫陈俊生出轨并要跟她离婚，她必须对丈夫出轨这件事情作出回应。

电影《投名状》中主人公庞青云的变化就是他的部队全军覆没。全军覆没，但是他活了下来，那他现在必须解决一个问题——全军覆没之后怎么办，他将何去何从。

电视剧《大秦帝国之裂变》中的变化就是秦魏两国的交战。两个国家交战，无论对国君、臣子，还是百姓来说都是变化。

电视剧《琅琊榜》中的变化就是赤焰军被陷害，导致全军覆没。无论是对主角梅长苏还是对其他成员，赤焰军全军覆没让他们的生活发生了变化。

按照上面的案例，对标一下我们的作品，我们很容易就能找到自己作品中的变化的点，然后再选择故事的切入点。

讲到这里，可能有的朋友会问：我们找到了故事的变化，但是怎么判断我的故事该从变化前、变化中，还是变化后切入呢?

变化前开始的故事

上面我们所举的案例中，电视剧《我的前半生》是从变化前开始的，也就是故事是在罗子君知道丈夫陈俊生出轨之前开始的。

电视剧的第一场戏就是罗子君在高档鞋店试鞋子。编剧通过两个服务员跪在她面前为她服务，保姆亚琴战战兢兢地站在身后服务来切入。

编剧通过这场戏，向观众展现了罗子君的阔太太、家庭妇女的形象，同时也传递了罗子君对丈夫的不放心。

到了罗子君的第二场戏，罗子君的妈妈和妹妹罗子群出场。罗子君的妹妹是来借钱的，因为老公倒腾手串亏了钱，此前罗子群的老公就因为倒腾别的东西亏了钱，找罗子君借过钱。尽管是在妈妈和妹妹面前，她也仗着阔太太的身份，居高临下地教训妹妹，最后两姐妹不欢而散。

在这场戏中，编剧特别着重地表现了罗子君的妈妈临走之前顺走罗子君的披肩和包包等细节，以此告诉观众：罗子君一家人都在靠着罗子君生活，而罗子君在靠着老公陈俊生生活。同时观众也知道，如果陈俊生出轨，那么罗子君一家人的生活将陷入窘迫的境地，让观众替罗子君捏了一把汗。

最可怕的是，罗子君虽然对丈夫陈俊生管得特别严，但是却非常信任陈俊生，所以观众难以想象罗子君知道陈俊生出轨之后的反应。

所以在《我的前半生》这个故事里，编剧一开始给观众留下的悬念是不会工作的富太太罗子君被丈夫抛弃之后怎么办。

为了让这个悬念足够大，足够吸引人，编剧用 4 集，160 分钟的戏份去通过性格、生活、跟家人的关系、跟朋友的关系来表现罗子君富太太的形象，让故事的悬念收到了一个非常好的效果。

反过来讲，如果这个故事是从陈俊生跟罗子君摊牌开始的话，那么这个悬念也就没有那么强大了，因为观众不知道罗子君的人物形象，也不知道她离婚之后面临的困境有多大，故事也就成了一个普通的故事。

如果故事从陈俊生和罗子君离婚之后开始，那么故事就变成了一个弱势女性奋斗史，失去了富太太到女强人的那种转变。

所以，通过这个故事我们可以发现，如果我们的故事想要表达的是人物在变化前后的性格，或者生活的反差的话，那么就要选择从变化前开始。

变化之前的部分主要是铺垫人物的性格。比如我们现在写一个故事，故事的变化是主人公——一个小男孩打碎了一只酒瓶子。

打碎酒瓶子其实是非常平常的一件事情，在日常生活中根本算不上什么变化，那么我们就得从打碎酒瓶子之前开始写起。

在这之前，如果我们交代了男孩家里特别穷，已经欠了半年的房租，今天房东就要上门来赶他们走。父亲为了求房东再宽限一些日子，就把家里唯一的10块钱给这个孩子，让孩子去打酒来招待房东。

这一家人的命运紧紧地系在这个酒瓶上，现在这个关乎着这家人命运的酒瓶被男孩打碎了，接下来他们家的命运会如何？甚至如果我们再交代下这个男孩的父亲脾气特别暴躁，那么我们会更担心这个男孩的命运。

假如我们从这个男孩打碎这个酒瓶子开始，那么这个故事的悬念就减弱了很多。如果从打碎酒瓶之后开始，那么读者会觉得莫名其妙。

所以，我们可以得出结论：需要铺垫的故事，我们就要从变化前开始。

变化中开始的故事

电视剧《大秦帝国之裂变》讲述的是秦国从连连战火的老弱残国经过商鞅变法，最后成为强国的故事。所以这个故事的重点实际上是讲述秦国商鞅变法的过程。

既然是讲商鞅变法的过程，那么秦国为什么要商鞅变法也就成了这个故事的重点。

因为秦国连年征战，国库空虚，国力几乎耗尽，而魏国等强国虎视眈眈，秦国灭亡基本是旦夕之间。嬴师隰也就是秦献公想着要推行新政，振兴秦国。后来嬴渠梁接任秦国国君，面对有气无力的秦国，下定决心推行新政，所以才有了重用商鞅，推行新政。

而在推行新政的过程中，遇到了老世族的阻碍，可谓是艰难重重，商鞅很多次都差点掉了脑袋，而秦孝公嬴渠梁也面对着王公贵胄们的重重压力。而秦国的积弱使得秦孝公必须顶着压力，支持商鞅变法。

如何展现秦国的积弱，于是剧情选取了从少梁之战开始。

少梁之战，我们可以看出魏国可谓精兵强将，兵法、战法井然有序。秦国则更像是散兵游勇，连军装都没有，武器老旧，军粮也成问题。这一对比，就发现秦国的积弱。

当然，除了秦国的积弱之外，剧情更需要表现出以魏国为代表的秦国敌对势力对秦国的态度。

魏国从国君到将帅，都一心想把秦国吞并，可以说秦国危在旦夕。在这样的状况下，秦国必须得推行新政，不推行就会灭亡。之所以选择从变化中切入，是因为少梁之战这个变化正好能够达到我们所举的创作上的需求。

假设故事从变化前开始写起，也就是少梁之战之前开始，会怎么样？

如果从少梁之战之前开始，从故事悬念上来讲好像也没有问题，但是整体的故事剧情就被拖长。从一个文学作品的角度来讲，这种拖长是没有意义的，能用一句话解决的问题，自然不用两句话。

变化后切入的故事

我们所见到的电影、电视剧大多数都是从变化后开始切入的。因为故事主要讲述的实际上就是主人公遇到变化之后应对变化的方法以及态度。

比如《琅琊榜》，它是从赤焰军被陷害、梅长苏决定复仇之后切入的，整个故事讲述的也是梅长苏复仇的故事。

因为在这个故事里，作者极力地隐藏梅长苏去京城的意图，以此来制造悬念，所以作者不能从变化前或者变化中开始，一旦从变化前或者变化中开始，那么这种悬念就泄露了。一旦悬念泄露，故事的吸引力也就大打折扣。

电影《投名状》也是从变化后切入的。对于主人公庞青云来讲，变化就是战败，就是全军覆没。而故事正好从庞青云从死人堆里爬出来开始，观众不知道他是谁，也不知道他要去哪里，这就构成了悬念。

等到庞青云遇见莲生，跟她发生了一夜情之后，作者才告诉观众庞青云是魁字营的营长，他被山字营陷害至全军覆没。

正因为编剧从变化之后开始讲起，所以影片的开头部分才给观众留下非常强的悬念。

后记

在这个日益浮躁的社会，写作并不是一件容易的事情，能够沉下心来阅读一本书，更不容易。

所以非常感谢你能阅读到这里。正文的内容已经写完，最后，我想给大家分享一点阅读与创作的经验。因为阅读是写作的基础，所有的写作都要从阅读开始，尤其是小说。

1. 广泛地阅读，找到创作的方向

新手作者写作之前，要做的事情，实际上是先给自己找到创作的方向：我要写传统出版的小说，还是网文？这是两个不同的方向。

不同的方向，学习的方法各不相同。当然，这两种创作方向也没有优劣高低之分，只看作者自己到底适合写什么？

有的人适合写传统出版类的小说，有的人适合写网文。

我见过很多人写传统出版的小说，小有成就，转去写网文却总是扑街。也见过，在网文上取得很好的成绩，写要出版的小说，却怎么也写不出来。

那我们如何知道，自己适合写什么呢？那就是阅读。

广泛地阅读网文、阅读传统小说，看看自己到底更喜欢哪一种。如果你喜欢阅读网文，那么就可以选择写网文，如果喜欢阅读传统出版类的小说，那么就去写传统出版类的小说。

你所喜欢的也就是未来要创作的方向。为什么呢？

道理很简单，如果你不喜欢网文，原因并不是网文不好，而是你不会欣赏网文。不会欣赏，又如何能写出好的网文呢？

同样，当你不喜欢传统出版类的小说，也并非它们不好，也是因为你不会欣赏，从而让你不能写出好的传统出版类小说。

所以，通过广泛地阅读，选择自己未来的创作方向，是比较推荐的做法。但是在这里，我们必须要明确一点，方向的选择不是轻易就能定下来的。

我们需要阅读大量的作品，最后才能得出结论。

2. 选定创作的题材

选定方向之后，接下来会面临如何选择创作题材。科幻、悬疑、言情等众多题材自己该选择哪一种？自己到底适合写什么？这些题材之间没有高低之分，也没有创作上的难易之分。

会写科幻小说的不一定会写悬疑小说，会写悬疑小说的不一定会写官场小说。而且我们知道诸如金庸、古龙、琼瑶、亦舒等这些名家，他们基本上一辈子都在钻研一种类型，然后将这种类型写到极致。

我们该如何选择适合自己的类型？这实际上也是需要通过阅

读来确定的。

比如，我未来想要出版自己的作品，那么就需要广泛地阅读已经出版的作品。

网文跟出版物不太一样。除了题材之差，还有各家网站的区别。

不同的网站有不同的规则，也有不同的作品类型。比如，起点小说网，它比较倾向于传统的网文；番茄小说网、飞卢小说网则比较倾向于脑洞类；掌上阅读、七猫等平台更倾向于新媒体类的小说……

作为一个新手作者，在动笔写网文之前，我们可以先去了解这些平台倾向的类型、流量曝光的方法、作品推荐的规则等，找到适合自己的才是最好的，然后再看创作的故事的方向。

例如，你选定的网站是起点小说网，那么你至少要先去阅读起点畅销榜上前二十的作品，通过阅读前二十的作品，你才有可能知道，自己喜欢的是哪种题材的故事。

3. 精准学习

俗话说，活到老学到老。我们写作也是如此，哪怕是大师级的作家，也从不会间断学习。

通过前面两个步骤，我们确定了自己的创作方向、创作的类型，接下来就要学习具体的创作方法。

如果选定的是传统出版类小说，那么你就要学习如何写悬念、如何写台词、如何写景物等问题。这些技巧性问题，实际上也需要在阅读中学习，没有人天生就会。

前面正文部分我所写的这些方法，大部分也都是在阅读别人作品的时候总结出来的。

到了这个步骤，我们的阅读就要非常精准。比如，我们要写的是科幻小说，那么就需要大量地阅读科幻小说作品，如果我们写的是武侠小说，那么就需要大量阅读武侠小说。

但是这里的阅读，是带着目的去阅读的。

比如，你特别喜欢刘慈欣的《三体》。首先你要问自己一个问题：《三体》为什么会吸引我？

是因为语言优美吗？是因为故事巧妙吗？还是因为悬念设计得跌宕起伏？

你得到的答案实际上就是你要学习的东西。比如《三体》吸引你，是因为悬念设计得跌宕起伏。那么接下来，你就可以好好地研究一下，《三体》到底使用了哪些悬念设置的方法？如果《三体》吸引你，是因为语言优美，那么为什么它的语言会如此优美？作者使用了哪些技巧？

当你读到某个段落的时候，你可能会捧腹大笑，也可能会被深深震撼……这个时候，就停下来，好好思考，为什么这一段会让我捧腹大笑？为什么会让我觉得震撼？作者使用了什么手段？这些方法，我可以学习吗？在我的创作中，我该如何使用这些方法？

当你用这样的方法，读完50部同类型小说之后，基本上很多写作技巧你也都掌握了。与此同时，你会发现，大部分作者使用的写作技巧是大同小异的。

当你读了更多的作品，你甚至会发现故事的结构，很多时候实际上也都是大同小异的。

4. 阅读时需要注意的点

很多人想要提高自己的阅读速度，所以市场上也出现了各种各样指导阅读的书籍。但是作为写作者，我们要非常清晰地知道，我们阅读的目的是学习写作技巧，也就是要总结、提炼，最后化为己用。

不同阶段的阅读，我们的目的也各不相同，所以阅读的方法也就各不相同。

比如第一阶段和第二阶段，为了确定自己的写作方向、选定题材，这个时候，要把自己当作一个普通的读者，用一个正常的速度去阅读即可。

所谓正常的速度就是能够让你理解故事的意思，理解故事的情节，能看得出来你喜不喜欢这个作品，而不是给自己罗列一堆书，然后走马观花，力求快速阅读。

这样的阅读实际上是没有用的，因为根本看不出自己喜不喜欢这个作品。

一个正常的读者，在拿到一本书的时候，一般是先看书名，再看简介。书名和简介都吸引他之后，才会翻开阅读正文。

而在正文的阶段，如果他不喜欢这部作品，那么就会果断弃文，而不会强迫自己看下去。

到了第三个阶段，我们的目的是更精细地去学习别人的方法、技巧。所以这个阶段，我们要细读，要反复地推敲琢磨。

常用的方法是，先以读者的身份读完作品，大致列出自己对这个作品的阅读感受。例如：故事情节跌宕起伏、人物饱满、语言优美等。

列出感受之后，再去细读，一条一条地思考，为什么这个作品会给自己这样的感受？

有的时候，一个段落需要反复阅读很多遍，一句台词也要琢磨很多遍。这个阶段的阅读是枯燥的，速度也是极慢的。

有的时候，一本书可能要读上一个月、两个月，甚至更久。

但当你用这样的方式学习了三四部作品之后，再去阅读别的作品，你就很容易知道作者使用了什么技巧，为什么这个作品能够吸引读者阅读下去，学习效率也会越来越高。

阅读的过程中，我们除了学习别人的优点，也可以适当地去挑毛病。任何一部作品，实际上都不是完美的，都会有一些瑕疵。

在阅读的时候，我们要把自己放在与作者同等的水平，试想一下：假如我是作者，会如何写这个场景？这个作品在节奏方面是否存在问题？是否在人物形象塑造上存在问题？如果存在，该如何解决？

通过这样的思考，在阅读过程中，我们就能学到更多技巧。

以上是我给大家分享的一点阅读与创作经验。

按照我最初的计划，这本书应该是在 2020 年年底上市的。然而，后来因为拍电影、写剧本、讲写作课等各种事情，使这本书的出版时间一推再推。

在这里，向一直以来在等着我这本书出版的读者们说声抱歉。没有你们的催促以及等待，恐怕这本书就夭折了。

最后，祝福各位读者，写作顺利！

唐糖小君

2022 年 3 月 1 日